邦人奪還

自衛隊特殊部隊が動くとき

伊藤祐靖著

新潮社版

11742

海鳴り

月の明かりが海面に反射し、水平線へと続く一本の道になっていた。月は、水平線に向かって加速度的にスピードを上げ、遂《つい》に接触した。道は一気に月に到達したが、月が沈むにつれ細くなり、月没《げつぼつ》と同時にその姿を消した。

瞬《まばた》きをすることすら忘れてしまいそうなこの光景を見ている者はいない。なぜなら、ここは絶海の無人島、尖閣《せんかく》諸島魚釣島《うおつりじま》だからである。

周期的に海鳴りを伴ってやってくる大波は、背丈ほどの岩を豪快に呑《の》み込んでは引いていく。波が引くと、岩の根元には星明かりが作る僅《わず》かな岩の影が映っていた。

その影の中を、獲物に忍び寄る大型爬虫類《はちゅうるい》に似た動きで進む生き物がいる。音もなく、滑らかに、不気味なほど美しく進んでいる。その生き物は、日本政府より出撃を命ぜられた防衛省初の特殊部隊、海上自衛隊特別警備隊の藤井義貴《ふじいよしたか》3佐、黒沼栄一《くろぬまえいいち》曹長、嵐康弘《あらしやすひろ》2曹だった。

××××××××××

「尖閣諸島、魚釣島北方20マイル（約37キロ。1マイルは、海上では約1・85キロ）で、100～110隻《せき》の中国漁船が操業中。なお、その付近を5隻の中国海警局哨戒船《しょうかいせん》も航行中」

那覇の第十一管区海上保安本部から霞が関の海上保安庁本庁に報告が入ったのは、20××年8月2日午前9時のことだった。

この情報は、中国の国旗を揚げた無数の漁船が魚釣島を取り囲んでいる画像と共にネットに流れた。明らかな合成写真であったが、ネトウヨと呼ばれる人々が盛んに拡散したことで、量が質を凌駕《りょうが》するごとく「とうとう偽装した中国の海上民兵が魚釣島を占拠する！」という危機感が広まった。

当の報告を受けた海上保安庁本庁と報告をした十一管本部は、淡々と業務をこなしていた。それは当然のことで、尖閣諸島の周辺に中国漁船が集まっているのは確かだが、ほとんどの船は魚釣島から20マイル離れた海域に点在しているにすぎなかった。また、それら中国漁船は日中漁業協定の附属書簡で取り決められている規約通りに漁を行い、中国海警局哨戒船も取り決め通りに中国漁船を監視していた。

日中漁業協定は、1997年11月に時の内閣が締結し、附属する書簡は、当時の外務大臣が駐日大使宛《あ》てに出した。そこには、要するに「尖閣諸島周辺は、領海（陸岸から12マイル：約22キロ）外であれば、排他的経済水域内であっても、漁業に関する自国の関係法令を適用しない」と記されている。

さらに、6月1日から8月1日までは中国が定めた禁漁期であり、それが解けた8月2日に中国漁船が大挙してやって来るのも当然で、違法操業の監視をするために中国海警局の哨戒船がついて来るのも自然な流れであった。これは毎年起きている恒例行事で、海上保安庁は日本の領海内でこれを監視するために、今年も8隻の巡視船を張り付けていた。

海上保安庁の報告から2週間近くが経過したが、日本領海に近づく中国漁船はなく、日中漁業協定を遵守《じゅんしゅ》しながら、強力な集魚灯を使って巻き網漁を行っていた。ネトウヨが広めた噂《うわさ》はガセに終わり、2週間も経《た》つと、ガセを流した者も、乗った者も、何事もなかったかのように振る舞っていた。

目次

尖閣諸島魚釣島

魚釣島
奈良原岳山頂
362
灯台
0
500m

鹿児島
上海
中華人民共和国
東シナ海
魚釣島
尖閣諸島
沖縄島
那覇
太平洋
台北
台湾
南
西
諸
島
0
200km

日本と北朝鮮
ロシア
オホーツク海
中華人民共和国
北朝鮮
ムスダンリ
朝
平壌
鮮
軍事境界線
日本海
ソウル
半
大韓民国
島
舞鶴
(海上自衛隊地方隊)
日本
習志野
(陸上自衛隊駐屯地)
東京
(官邸・防衛省)
岩国
(海上自衛隊航空基地)
江田島
(特別警備隊本部)
東シナ海
太平洋
0
500km

主要登場人物表

自衛隊統合幕僚長　朝比奈茂樹陸将
海上自衛隊特別警備隊（いわゆる「特殊部隊」）
隊長　　久遠俊介1佐
副長　　山崎裕太郎2佐
第1小隊長　堀内龍介1尉（ジュダイ）
第3小隊長　藤井義貴3佐（バッドマン）
第3小隊員　黒沼栄一曹長（スタッド）
同　嵐康弘2曹（アグレッサー）
同　颪元順也2曹（ジャック）
同　浅海大介3曹（ギャングスター）
「はくりゅう」艦長　山瀬健2佐

陸上自衛隊特殊作戦群長　天道剣一1佐
官邸　内閣総理大臣　葛田肇
官房長官　手代木陽一
外務大臣　海原浩三
国土交通大臣　桜井昇
防衛大臣　田口武史
海上保安庁長官　塚本忠雄
アメリカ
岩倉富士子
＝PMC（民間軍事会社）情報エージェント
エイジアン・シックス
＝東洋系で構成された米軍の特殊部隊チーム

邦人奪還

自衛隊特殊部隊が動くとき

地図　アトリエ・プラン

第1章　尖閣《せんかく》占拠

尖閣諸島　魚釣島《うおつりじま》沖
20××年8月14日23時52分

変化は、日付が8月14日から15日に変わろうとする深夜に起きた。

中国漁船群を監視するために尖閣諸島周辺海域に来ていたPS型巡視船「みずき」(石垣海上保安部所属)の船橋では、主任航海士の小島義晶《こじまよしあき》二等海上保安正と数名の海上保安官が勤務していた。

「小島さん！　右50度、4・8マイル(約9キロ)、2隻《せき》の漁船、動き出しました。領海の方向です」

「了解。あの紅灯《あかとう》だな。2つ視認した。面倒なことにならんといいがな。一応記録をとるぞ。ビデオだ、ビデオ撮影しろ」

「ビデオ撮影開始しました」

小島は、部下への指示が終わるや否《いな》や、部屋で休んでいる船長の岩本良一《いわもとりょういち》一等海上保安正へ電話をした。

「小島です。右50度、4・8マイルの漁船、針路を日本の領海に向けて動き出しました。録画開始しました。はい、ちょっと嫌な感じです。近づいて注意喚起を行います」

船橋の保安官が、声を張り上げて報告した。

「小島さん！　中国漁船の針路205度、速力5ノット（時速約9キロ）、このまま行くと50分後に日本の領海に入ります！」

「了解。おもーかーじ。漁船を左10度に見ながら近づく」

小島からの報告を受けた岩本が、学生時代に柔道で鍛えた大柄な身体《からだ》を揺らしながら、真っ暗な船橋へ上がってきた。深夜だというのに気温は29度、海水温度は31度もある。気温より熱い海面からの風は、水分をたっぷり含んでいて岩本の首元をじっとりと湿らせた。

「あ、船長。現在、左10度の紅灯が漁船です。50分後に領海に入ります。このまま近づき、300メートルを切ったところで、取り舵《かじ》をとって同航にします。一旦《いったん》同航にして、水空き30メートルで追い越します。追い越したところで同速にします」

潮のついたオークリー製フレームの度付き眼鏡をていねいに拭《ふ》きながら、岩本が小島の報告に答えた。

「そうか、それでいい。船隊指揮には報告したんだな?」

「報告しました。他にもおかしな動きをしている中国漁船がいるらしく、1隻で対処しろとのことです」

「他にもか……。わかった」

にこりと岩本が頷《うなず》くと、それまで緊張していた船橋の空気が少し柔らかくなった。

岩本は「なるほどな」と小声で呟《つぶや》いた。それは、勤務評定に書かれている小島と、自分が見てきた小島に大きな隔たりがあったからだ。勤務評定では非常に高く評価されているのだが、航海のない時の小島は、連日深夜まで酒ばかり飲んでおり、午前中はほぼ使いものにならないような人間なのである。だが、今は、中国漁船の動きに素早く反応し、テキパキと指示を出して、船長である自分への報告も完璧《かんぺき》だ。これなら彼に任せておける。

巡視船の真正面には、水平線に沈む月があった。鏡のような海面に自らを映しながら沈んでいく月を、岩本は凝視《ぎょうし》していた。神々《こうごう》しい、と感じた。

「小島、月ってこんなに赤いんだな」

「はい」

酒と仕事以外に関心の薄い小島にとって、月はただのまぶしい物体だった。

「不思議に思わんか？　月自体は赤いのに、月の光は青いんだぞ」

「はい。船長、取り舵をとって、同航にします」

「うん」

岩本は、話に乗ってこない小島に苦笑した。そんな岩本にお構いなく、小島は先を見越した適切な指示を出していった。

「おい、5分後に右舷《うげん》のライト・メール（電光掲示板のようなもの）で、『貴船は、日本の領海に向かっている。直ちに針路を変更せよ』と中国語で流すぞ。準備しておけ」

巡視船「みずき」は、中国漁船2隻を右舷に見ながら同じ針路で30メートルの水空きを保ち、ライト・メールで針路変更を要求しながら追い越して行った。先頭の漁船を追い越し、2隻の漁船からライト・メールが見える位置につくと、速力を落として同速とした。

それから1分ほど過ぎた時だった。突然、船橋のVHF無線のスピーカーから流《りゅう》暢《ちょう》な英語が聞こえてきた。

「ジャパン・コースト・ガード、こちらは中国漁船。我々2隻は、現在操業をしていない。漁場を変更するため、一時的に日本の領海を横切る。無害通航権を行使する」

漁船からの応答とは思えない無線に、ついさっきまでテキパキと仕切っていた小島は驚き、固まってしまった。狼狽《ろうばい》する小島の様子を見て、指揮下の者たちも固まった。その狼狽ぶりが伝染したのだ。

全員の様子を見ていた船長の岩本が指示した。

「応答しろ。『ディス・イズ・ジャパン・コースト・ガード、ラジャー・アウト』だ！」

岩本は、まだ固まっている小島に諭《さと》すように言った。

「立入検査は実施しない。寝ている者をわざわざ起こすことはない。漁具は甲板上になかったから、漁業準備行為もなかった。今の位置関係を維持して、領海外に出るまで併走する。ライト・メールを消せ」

「はい、わかりました。……すいません、船長。自分は頭が真っ白になってしまいました。まさか中国漁船からＶＨＦ無線で英語の応答があるとは。それに、尖閣周辺海域は中国の領海だといつも主張しているのに、無害通航権を言ってきました。そこが日本の領海であることを認めたことになりますよね？」

「公船、海警局の哨戒船《しょうかいせん》が言ったとなりゃ、中国政府が認めたことになるけどな。しかし、不自然だ。あの反応は漁船からとは思えない。漁師が無害通航権なんて言葉を使うか？　しかも英語でだぞ。海警局からの入れ知恵に決まってる。こっちの体力を消耗させるのが狙《ねら》いだよ。こんな時間に立入検査をするとなりゃ、寝ている者を起こさなきゃならない。その手には乗らんぞ。おい、ビデオは回しているな」

「大丈夫です。証拠映像は撮ってます」

「あとは、伴走して漁業準備行為の監視だ。やりやがったらしょうがない。直ちに止めて立入検査をする」

　2隻の中国漁船は一列で航行しており、その左側30メートルを巡視船が追い越して行った。海上保安官たちは、追い越して行く際に甲板上を注意深く見ていた。漁具が置いてあれば、操業をしていなくても漁業準備行為として無害通航権は認められないからである。

　当初は後ろの漁船を注視していたが、追い越した途端に意識は前の漁船に集中していった。それが相手の狙い通りだったとは、「みずき」の誰一人気づくことはなかった。

後ろの中国漁船の船倉にあるのは、小さな赤い明かりだけだった。魚の血かぬめりか、それともオイルか他の液体か、シミだらけの木の床に5人の男たちがあぐらをかいて頭を突き合わせていた。

「とにかく潮に乗れ。西から4ノット(時速約7キロ)程度の黒潮がある。これに乗ればフィン・キックなしで釣魚島に着く。潮に乗れなかったら島にはどうやっても到達できない。だから、バディーとはぐれても、慌《あわ》てる必要はない。釣魚島灯台のライトを常に東に見て潮に乗っていれば、必ず灯台付近に全員集結できる。いいな?」

「はい」

リーダー格の男の話を、他の4人が床を見つめながら聞いていた。

男の声は、夜間戦術行動をする者が用いる独特な出し方だったので響かず、至近距離の者にしか聞こえない。声が通る北京語《ペキン》でさえ、3メートルも離れると音として届かない。

「上陸したら、まず、灯台の日本国旗を捨てる。そして、中国国旗を揚げる。揚げ終わったら山を登り、標高100メートル付近の水が出る可能性の高い2ヶ所へ行き、掘って水が出て来るかを確認する。出て来れば、さらに掘って水が貯《た》まるように簡単な井戸を作る。場所はここだ」

リーダーは、日本の国土地理院が発行した精確な魚釣島の地図を広げて言った。

「水場さえ押さえれば、長期籠城《ろうじょう》が可能になる。2ヶ所で井戸を作り終わったら、灯台付近に戻る。13時には戻れるだろう」

「高い場所に水場を確保することと、長期籠城とどんな関係があるんですか?」

「この島の急峻《きゅうしゅん》な山に夜間パラシュート降下はできない。昼間にヘリで来れば狙い撃ちだ。となれば、海から、要するに下から来るしかない。こっちが山にいれば、上から攻撃ができて絶対的に有利だ。食糧のヤギはどこでも手に入るんだから。高いところに水場を確保していれば、そこを拠点にできる」

「わかりました。日本の軍隊はどの段階で動きますか?」

「日本という国は、そうそう簡単に軍隊を出さない。最初は警察、おそらくコースト・ガードだ。それを出すのにも時間がかかる」

「具体的にいつ頃と予想していますか?」

「明るくなって水平線が見えてくるのは朝の5時くらい。コースト・ガードが灯台の中国国旗に気づくのは、完全に明るくなる日の出以降。早くて6時過ぎだ。これが東京に報告され、大騒ぎになり、議論の末に出動命令が下るのは半日後だ。奴《やつ》らが灯台付近に来るのは夕方、どんなに早くても15時だろう。だから、我々は水の確保がうまくいかなかったとしても、15時までには灯台に戻る」

リーダーの淀《よど》みのない説明に、4人は頷いていた。

「コースト・ガードは旗を日本国旗に戻すため、灯台付近に来る。そこを攻撃する。ただし、絶対に殺すなよ。怪我《けが》までだ」

4人のうちの一人が質問した。

「反撃して来たらどうするんですか？　手負いの獣ほど恐ろしいものはない」

「撃ち返しては来ない。現場が撃とうとしても、日本のトップが絶対に許可しない」

今度は、別のメンバーがリーダーに食ってかかった。

「許可しないって、そんな……。そうしたら、ただ撃たれるだけです。それでも日本は許可しないんですか？　第一、そんな指示に日本人は従うんですか？」

「そうだ。日本人は、信じがたいくらい権威に弱い。上位者からのどんな指示にでも黙って従うから、政治家や官僚は現場の者に命があることを忘れてしまっている。それにすら異を唱えないのが日本人だ」

「本当ですか？　抗《あらが》う奴はいないんですか？」

「いない。しかも、あの国は決断を嫌い、どこまでも譲歩をしてくる。際限なしの泣き寝入り国家だ。ところが、ところがだ。ある一線を越えると大変なことになる」

「え？」

「お前の一発で日本人が死んだ時は、どうなるかわからない。国民の性格が１８０度変わって、手がつけられなくなる。だから、もし反撃されても、絶対に私の指示なく撃つな」

「はい、わかりました」

「よし、３時30分に入水《にゅうすい》する。最終準備を行え。月明かりはない。月はさっき沈んだ」

５人の男たちは、２ミリの薄いウエットスーツを着て、防水のバックパックに注意深く息を吹き込んでいた。中には中国製のノリンコ拳銃《けんじゅう》と予備弾倉３つ、銃床部が折り畳めてコンパクトになるロシア製のＡＫ－47ライフルと予備弾倉５つ、オリーブ・ドラブ（濃い緑色）に塗装された手榴弾《しゅりゅうだん》３つ、刃渡り20センチのサバイバル・ナイフ、通信機、メディカル・パックが入っている。地上では重量が30キロ近くになるバックパックだが、空気で浮力をつけて水中での重量を１キロ程度にしようとしていた。作業中の彼らの傍《かたわ》らには、通常の２倍の長さのロング・フィンがあったが、光に反射する水中マスクや、仰向けで泳ぐには向かないシュノーケルはなかった。

５人は入水するために漁船の右舷に集まり、互いに装備品の装着状況をチェックする。

リーダーが入水することを無線で伝えると、前方の漁船の甲板上で小さな赤いライトがチラチラと動き出した。

「小島さん！ 奴らが動き出しました。漁具の準備をするかもしれません」

巡視船「みずき」の海上保安官たちは小さな赤いライトを見逃さなかった。ある者は双眼鏡で、ある者は暗視装置で、その小さなライトを追っていた。見えそうで見えないのが歯痒《はがゆ》い。しばらくしてライトは消えた。

「見えたか？」

「いや、漁具はいじってないです」

海上保安官の視野は、完全にコントロールされていた。前方の漁船でちらつくライトを注視するゆえ、その1分、2分の間に後方の漁船から入水した5人に気づく者はいなかった。

相手の心理を利用し、少しの時間でも操ることが作戦の成否を大きく左右する。これを戦闘センスと言う。

その後も、「みずき」は2隻の中国漁船に並走し続けた。何事も起こることなく、数時間が経《た》っていった。

はっきり見えていた天の川も、いつしか認識できなくなっていた。天文薄明《てんもんはくめい》になったからである。日の出前に空が明るくなる薄明には、３つの段階がある。

一番早いのが天文薄明で、日の出の概《おおむ》ね１時間半前、６等星が見えなくなる明るさの頃をいう。次が航海薄明で、日の出の概ね１時間前、空と海の区別がつき水平線が見えてくる。外洋に出る船乗りにとって、この時間帯は特別だ。ＧＰＳが発達した現代ではあまり使われないが、ひと昔前まではいくつかの星の高さ（水平線から星までの角度）を測り、自分の位置を割り出していた。それができるのは、星と水平線が同時に見える航海薄明の時間帯だけだ。最後が市民薄明、日の出の概ね30分前で、屋外作業をするのに支障がない明るさだ。

巡視船「みずき」の船橋にいる保安官たちは、何となく浮かれていた。

それは、中国漁船がトラブルを起こさずに日本の領海を出て行きそうだったからだけではない。日の出が近づいていたからである。

天文薄明を過ぎて星の数が減り始めると、東の空が白み始めて航海薄明となる。この時間帯の空にはすべての色がある。西の水平線付近はまだ夜の闇《やみ》だが、天頂に向かうにつれて黒から藍《あい》、紫、青となり、天頂から東の水平線に向かって青、緑、黄、橙《だいだい》となる。天空を彩《いろど》るすべての色は刻々と無段階に変化し、やがて東の水平線より一点の深紅が現れて日の出となる。

人間は、自らの身体の奥に動物としての本能があることを思い出し、空が明るくなってくると気分が高揚する。これはおそらく、何万年もの昔、夜行性動物に捕食される危険から解放された遠い記憶によるのだろう。

「船長、まもなく中国漁船、領海外へ出ます」

「了解。月没と同時に騒動を起こした連中が、日出《にっしゅつ》と共に出て行くか……」

船橋の椅子《いす》に身体を預けていた岩本は、大きく伸びをすると、椅子から立ち上がって左舷の方に行き、水平線から姿を現した太陽を見た。

「船長、漁船が領海を出ました。レーダーで動きを監視しつつ、本船は魚釣島に近づき定期観測のため島を一周します」

小さな深紅の点だった太陽が瞬《また》く間に円へと変化する様子を、岩本はじっと見ていた。「了解」と答える顔はオレンジに染まっていく。

船で一周するとよくわかるが、魚釣島は南から見る景観と北から見るそれがまるで違う。島の南側は岩肌剝《む》き出しの急峻な崖《がけ》ばかりで、とても上陸できそうにない。上陸できたとしても、登るにはクライミング技術が必要だろう。一方、島の北側の傾斜はさほどではなく、クバというヤシ科の常緑樹が群生していて緑豊かだ。

「みずき」は、一周5・4マイル（約10キロ）ある魚釣島の南西端から反時計回りに定期観測を開始、陸岸から200メートル沖合を注意深く時速3ノット（時速約6キロ）で航行した。途中、こちらをうかがっているヤギを発見するたびに停止し、正確な位置や頭数等を記録する。ヤギは1978年、灯台建設時に緊急時の食糧として持ち込まれた2頭が、30年を超える長い年月を経て数千頭に繁殖したと推定されている。

定期観測を始めて3時間近くが経過、「みずき」は魚釣島の北西端近くの灯台沖を航行していた。

昨晩は徹夜に近かった岩本は、船橋の椅子にもたれて、魚釣島の情景を眺めていた。東京のアスファルトの中で育った岩本にとって、青い空、濃い緑、白い砂浜の魚釣島は別世界だ。漂ってくる樹木の香りで眠気が覚めていく気がしていた。

その岩本が、最初に異変に気づいた。何気なく灯台を見ると、赤いものがはためいている。日の丸の赤はこんなに目立っただろうかと双眼鏡を覗《のぞ》き、

「あっ！」

と思わず声を出した。船橋にいた海上保安官全員が岩本に目を向けた。そして、すぐさま岩本が見つめる先、魚釣島の灯台付近に目を移した。

「頭（船首）を灯台に向けろ！」

双眼鏡で灯台を見つめたまま、岩本がしゃべり始めた。

「昨日は日の丸だったよな。というか、日の丸以外、ありえないよな」

船橋にいた保安官の誰もが、慌てて双眼鏡で灯台を見た。最初に目に飛び込んできたのは灯台最上部の光源部分だったが、双眼鏡の視線を少しずつ下にずらしていくと、ありえない光景がそこにあった。灯台のやぐら部分に3枚の中国国旗がはためいている。

「写真を撮って、すぐに船隊指揮に報告だ。このままぎりぎりまで近づけ」

魚釣島の灯台に中国国旗が掲げられている写真は、直ちに霞が関の海上保安庁本庁に報告された。そして、海上保安庁長官から国土交通大臣へ、国土交通大臣から官房長官を通じて内閣総理大臣へと報告が上がった。

事態を重く見た官房長官は、緊急事態大臣会合を総理に提案し、10時30分からの実施が直ちに承認された。盆の真最中で国会議員の多くが地元に戻っていたが、箱根で観測された火山性群発地震により、急遽《きゅうきょ》地元へ行くことを取りやめていた者も多く、外務大臣、国土交通大臣、防衛大臣、海上保安庁長官、国家公安委員長が首相官邸に集まってきた。ただし、通常使用される官邸3階の正面玄関からではなく、裏の荷物搬入口より内廊下を通って4階へと上がって行った。このルートであれば、記者控え室のテレビ・モニターに映らない。報道陣に見つからないための措置である。中国国旗が発見されてから僅《わず》か1時間半後だった。

官房長官の手代木陽一《てしろぎよういち》は、学歴こそ私大の夜間部卒だが、議員1年生の頃から何か意見を求められたり何かの課題を与えられたりすると瞬時に的確な回答を出し、具体的な方策をいくつか提示するようなタイプであった。2期、3期と議員生活を重ねるごとに後輩議員や官僚への指示もより正鵠《せいこく》を射、決断力にも秀《ひい》でていたため、異例の抜擢《ばってき》で官房長官になった。元防衛庁長官ということもあり、危機管理を一手に担《にな》っている。各大臣をも完全に統制下に入れているため、「影の総理」という異名がある。

官邸に参加者が全員揃《そろ》うと、威圧的なトーンで早口な手代木が切り出した。

「総理、集まりましたので、早速開始させていただきます」

葛田肇《くずたはじめ》は小さな声で「はい」と答え、頷《うなず》いた。

総理大臣の葛田は、政治家一族の出で、参議院議員だった父親の秘書官として政治の世界に入った。タカ派として鳴らした父親譲りの強気な愛国者ぶりを保守層から期待されて、総理大臣の座まで上り詰めたのだが、性格は父親とは真逆で、子供の頃から自分の意見や願望を持たず、他人の意見に左右されやすい男であり、総理大臣となった今、最大の悩みはイメージとのギャップであった。

バックグラウンドも性格も正反対の手代木官房長官とは同い年で、お互いが自分に足りないものを持ち合わせていた。手代木は、政界のサラブレッドである葛田が持つ有力者の強力な人脈を利用し、血筋ばかりが先行して実は決断力もなければ統率力もない葛田は、手代木に何でも相談し、指示を仰ぐ。どちらが欠けても、総理と官房長官ではない。

「海上保安庁長官、現状を説明してくれ！」

海上保安庁長官の塚本忠雄《つかもとただお》による状況説明が始まった。

「はい！　今朝9時14分に巡視船『みずき』が、魚釣島灯台に中国の国旗が掲げられているのを発見しました。報告によりますと……」

正面スクリーンには、灯台に掲げられている中国国旗が映し出されていた。説明を終えた海上保安庁長官に、総理大臣が質問した。

「最後に日の丸を確認したのはいつですか？」

「24時間前です。巡視船8隻が付近にいますので、昼間は誰も魚釣島に近づけません。昨晩、何者かが上陸し、夜のうちに日の丸から中国国旗に揚げ替えたことになります」

官房長官が、割り込むように言った。

「総理、世間にこの話が広まる前に元の状態に戻すことが大切です。さっさと日の丸に揚げ替えなければなりません。幸い、あの島は人の目が極めて限定されていますので、今なら十分に間に合います。なあ、海上保安庁長官、簡単なことだろ?」

「近くにいる巡視船に日の丸はあるので、揚げ替えは可能ですが……」

海上保安庁長官は、魚釣島に何者がいるかわからない状態で海上保安官を上陸させたくなかった。だが、真正面から官房長官の意見に異を唱えることはできず、直属の上司である国土交通大臣の顔を窺《うかが》いながら歯切れの悪い回答をした。

国土交通大臣の桜井昇《さくらいのぼる》も、官房長官の反感を買うのは割に合わないと思っていたが、自分を頼ってきた海上保安庁長官を黙殺するわけにもいかず、こう発言した。

「問題は、中国の国旗を揚げた者が今も魚釣島にいて、武装している可能性を否定できないことです。昨晩、中国漁船2隻が領海を横切っております。島に最接近した際の距離が6マイル(約11キロ)です。巡視船が30メートルの距離で並走し、監視しておりましたので、ボートを降ろすことはできません。漁船から飛び込んで泳いだか、潜って上陸したわけです。とすれば、並みの者ではないわけですから……」

無表情で説明を聞いていた手代木官房長官は、吐き捨てるような口調で言った。

「じゃあ、旗を揚げ替えるのに自衛隊を出すべきだって言うのか？　名目は何にする？　旗の揚げ替えは海上保安庁の能力を超えておりますとでも言うのか？」

桜井は自分の顔が見えないよう手代木に背を向け、塚本に対して「ダメだ。やれ」と表情で伝えた。

官房長官は、畳みかけるように言った。

「塚本長官！　できるんだろ？」

「は、はい！　できます」

海上保安庁長官の口から「できます」を引き出した手代木は、今度は総理に畳みかけた。

「総理、今すぐやらせるべきです。塚本長官、今すぐだ！　13時までにできるな？」

総理大臣の葛田が頷きながら言った。

「海上保安庁長官、ご苦労だが、そうしてくれるかな」

「はい！」

自分の思い通りに話を進めた手代木は、さらに続けた。

「皆さん、秘密裏に緊急会合を開いたのには、この情報を知っている者を限定するという目的があります。番記者に嗅《か》ぎつけられないように。また、情報の漏洩《ろうえい》には十分気をつけてください。特に海上保安庁長官、現場からこの話が漏れることのないよう、徹底してくれ」

魚釣島沖の巡視船「みずき」から、5人の海上保安官が乗ったゴムボートが降ろされた。

一番若い石塚が不安そうに艇長の成田《なりた》に訊《き》いた。

「成田さん、旗を揚げ替えた連中は本当にもういないんですよね？」

「当たり前だろ。この話はうちの船長が言い出したことじゃないんだぞ。今朝開かれた、大臣とかの会議で決まったことなんだ。その場には総理もいた。ヤバい連中がいるところに俺らを行かせるわけがないだろ」

「本当ですか？」

「ちゃんと内閣情報調査室とかからの情報があって、いないことがわかってるんだよ。でなきゃ、船長もそうだし、第一あの小島さんが黙ってるわけないだろ。そんなことよりお前、島に上がるの初めてだろ。驚くぞ。ちゃんと水路の奥に船着き場があるんだよ。明治時代にこんなところまで来て、珊瑚礁《さんごしょう》を削って水路を掘って船着き場を作ったんだ。鰹節《かつおぶし》工場は跡しか残ってないけどな」

保安官を乗せたゴムボートは、魚釣島の幅10メートル長さ100メートルある人工の水路に入っていった。水路の一番奥から100メートルほど先に灯台があり、そこに中国の国旗が3枚もはためいていた。

ゴムボートは水路の一番奥に横付けしたが、誰も降りようとしない。全員が譲り合っている。成田が石塚に人差し指を向けながら「お前から行け」と口を動かすと、観念した石塚が最初に降りた。

船着き場に上がった石塚は、どういうわけだか上半身を前に折り曲げた妙に低い姿勢で、ソロリソロリと足音を立てないように灯台に向かって歩き始めた。艇を守る艇長と通信員を残し、石塚に続いてボートを降りた2人も同じ姿勢で灯台に向かう。体重がかかったのか足下のこぶし大の石がゴロッと小さな音を立てると、3人は一斉にうずくまり、ジッと動かないでいた。20秒もすると先頭の石塚が後ろの2人の方を振り向きゆっくり頷く。意を決したのか、3人はゆっくりと立ち上がり、再び低い姿勢で歩き出した。エンジン音を響かせたゴムボートに乗ってきた後で、今さら音を気にしても何の意味もなかったが、3人はとにかく音を立てないように注意深く歩いていた。

ようやく灯台にたどり着くと、３人は急に動きを早め、中国の国旗を外し、持ってきた日の丸を縛りつけた。最初に四隅を縛り終えた石塚がボートへ走り始めると、残された２人は旗の四隅すべてを縛り終えていないのに、慌てて後を追った。３人がほぼ同時にボートに飛び乗ると、来た時とは裏腹に全速で狭い水路を抜けて巡視船に向かった。

急斜面を１００メートルも登り、２つの井戸を掘り終えて灯台に戻ってきた中国漁船の５人は、呆然《ぼうぜん》と立ち尽くしていた。当初の計画より2時間早い13時に戻ってきたというのに、揚げ替えたはずの中国国旗が再び日の丸になっていたからである。日本のコースト・ガードに出動命令が下るのは半日後、灯台付近に来るのは夕方、どんなに早くても15時だと言ったリーダーへの信頼が一気に揺らいだ。

５人の中でも焦《あせ》りを露《あら》わにしていたのはそのリーダーだった。読みが外れて部下から「使えない奴」と烙印《らくいん》を押される可能性があるからだ。

この程度のミスであれば作戦の遂行に致命的ではないし、上級司令部がリーダーの犯した失敗に気づくこともない。しかし、無人島で完全に孤立して行動するようなチームでは、淘汰《とうた》されてしまうこともある。なぜなら、能力の低い味方は敵より怖く、それがリーダーであればなおさらだからである。全員が武装し、人を殺《あや》める能力を持っているのだ。

「日本の国旗を燃やせっ！」

「えっ、なぜです？」

「いいからお前がやれ！」

「わ、私が、ですか……？」

いきなり指名された若いメンバーが戸惑っていると、リーダーはより声を荒らげた。

「聞こえたなら、返事をしろ！」

「はい」

「旗の縛り口に水をかけてから火をつけろ！　燃えかすを残すんだ。それを見た日本のコースト・ガードは再び揚げ替えに来る。攻撃はその時に開始する！」


首相官邸に、再び裏の荷物搬入口から大臣たちが集まってきた。

1日に2度も緊急事態大臣会合が開かれるなど、極めて異例の話である。それも、前の会合からわずか4時間後である。

全員が揃うと、手代木官房長官がいきなり本題を切り出した。

「皆さん、既にお聞きの通り、揚げ替えた国旗がまたやられました。しかし、中国政府に動きはまったくない。マスコミに漏れている情報も皆無だ。だから、この問題は秘密裏に処理できる。いや、できるだけ早く処理しなければならない」

いつにも増して威圧感のある官房長官の手代木に、場が緊張した。ところが、集まった中で最も年齢が若く、気が弱い塚本海上保安庁長官が、指名を待つことなく発言し始めた。一点を睨《にら》み、顔を紅潮させ、拳《こぶし》を握りしめている。

「最初に申し上げさせていただきます。私どもは海の警察であります。バックに国家があり、組織的な訓練を受けた人間を相手にするだけの人も装備品も準備しておりません。SST（海上保安庁特殊警備隊）は、島へ上陸しての地上戦は想定していません。サメがうじゃうじゃいる海域を泳いだのか潜ったのか知りませんが、夜中の海から魚釣島に上陸したような連中が確実にいる島へ、保安官を行かせるのは無理があります。しかも、連中は挑発をしています。こちらを待ち構えています。軍人、もしくはそれと同等の人間ですよ。軍人が待ち伏せしているところに保安官を行かせるわけにはまいりません。軍人に対処するのは防衛省のはずです」

自分の話を遮られる形になった手代木は、険しい目つきで海上保安庁長官の塚本を見ていたが、話が終わると「たしかに国旗を燃やすというのは挑発だな」と呟いて、今度は防衛大臣に顔を向けた。

「軍人に対処するのは防衛省。そうだよな」

振られた田口武史《たぐちたけし》防衛大臣は、身を硬くしてこう答えた。

「はい。官房長官のおっしゃる通りかと存じます」

防衛大臣の田口は、当選回数が多いというだけの理由で閣僚入りした。選挙区に大きな支持母体を持っていること以外に、これといった強みはなく、防衛問題に関しても素人《しろうと》に近い。

ただ、防衛省内の評判は悪くなかった。素直だからである。国会の質疑応答では、ペーパーなしでは何も答えない。マスコミから「読み上げ大臣」と揶揄《やゆ》されているが、それは他の大臣とて同じことだ。訊かれる内容は前もって質問通告として提出され、それを読んだ官僚が資料を作成し、大臣はそれを朗読する。野党からどんなに野次られようが、ペーパーをひたすら読み上げる。下手に私見を述べて墓穴を掘る大臣よりも、官僚の思いのままに動く大臣の方が政治家としては長生きだ。

それゆえか、田口防衛大臣には、自分から何かをしようという気概が、不気味なほどなかった。そんな田口を、手代木は無視してきた。まともに関わると、事なかれ主義の権化《ごんげ》のような存在に腹立ちが抑えられなくなる。

「防衛大臣、魚釣島のお尋ね者は自衛隊が処理するしかないだろう。問題はそれをどうやるかだが……」

「どう行うかについては、各幕僚長としっかり相談して決めようと思います」

型通りに田口が口にした瞬間、手代木が感情を爆発させた。

「防衛大臣、相談なんかするな！　制服組に方法を考えさせるんだぞ。相談じゃない。政府の意向を君が伝え、具体的な手段を考えるように命じるんだ。勘違いするな」

手代木の激昂ぶりに、葛田総理が口を挟んだ。

「官房長官、元防衛庁長官としては歯痒いのかもしれないが、それぞれキャラクターがあるんだから」

幼なじみをフォローするかのような声かけだった。

「失礼……」

「ところで官房長官、解決策はもう考えてあるんですよね？」

「はい。特殊部隊を使うべきだと思っています」

「ほう、特殊部隊……」

「彼らの手で、島にいる連中を隠密裏《おんみつり》に蒸発させるのが得策だと思います」

「自衛隊の特殊部隊に、そんなことができるのですか？」

「はい。私は、日本に特殊部隊を創設するきっかけになった能登半島沖不審船事件の時に防衛庁長官をしておりましたので、創設にも関わりました。海自の特殊部隊に何度も視察に行っておりますし、その3年後にできた陸自の特殊部隊も視察しましたので、そこはよく知っているつもりです。防衛大臣、能力は十分だろ?」

「はい。十分です」

特殊部隊と言われても存在を知っている程度で、視察にさえ行ったことがない田口防衛大臣は正直何もわからなかったが、官房長官の意見を否定するはずもなく、これに気を良くした手代木は続けた。

「ただ今回は、陸自の特殊作戦群よりも、海自の特別警備隊を使う方がいいと思います。両部隊とも特殊部隊ですので、海だからとか山だからとかでその能力に甲乙はつけられません。違いがあるとすれば、短期集中型か、長期にわたる作戦かになります。今回は3日以内の作戦になるでしょうから、短期集中型の特警隊の方が得意でしょう」

葛田は、黙って頷いていた。

「陸と海の自衛隊が持つ特殊部隊は視察に行かれるべきです。総理の場合、内外の反応も大きいので慎重に計画致します。英国の鉄の女、サッチャーのこともありますし」

会議に参加している一同は、発言こそしなかったが「何それ？」という表情だった。

「有名な話です。サッチャー首相は、ＳＡＳイギリス陸軍特殊空挺《くうてい》部隊の視察で、自分が人質役になってテロリストに見立てた標的の隣に立ち、突入させて実弾で標的を撃たせました。その際、自分の髪の毛が焦《こ》げたと言われています。その後、駐英イラン大使館占拠事件が発生し、人質の殺害が開始されるや直ちに、サッチャー首相は警察の指揮権をＳＡＳに委譲させ、突入させた。これは、視察時の経験があってこその政治判断だったと聞いています」

このエピソードに感銘を受けたのか、普段は官房長官に促された時しかほとんど発言しない葛田が発言した。

「時期についてはお任せしますが、視察を計画してください」

「承知しました。行ってこの目で見ないことには理解できません。私は、髪の毛を焦がしてもらってはいませんが、彼らの能力は、創設時に目指したもの以上になっています。何より、陸自の特戦群も、海自の特警隊も、国家の重大危機のために自分たちは存在するという自負心を持っています」

特殊部隊について熱く語り始めた官房長官の姿に、参加者は一様に驚いた。

話し終えた官房長官は、葛田の目を直視しながら言った。

「総理、今回は海上自衛隊の特別警備隊に作戦を遂行させる方向で進めます」

葛田は、目をつぶりながらゆっくりと頷いた。

「皆さん、隠密裏の作戦ゆえ、他言は無用です」

言い終えた手代木は、再び葛田の方を向いて心の内側を吐き出すように小声で言った。

「総理。まったくあの国は訳がわからない。拉致《らち》問題解決の橋渡しをあそこまでやってくれて、ようやく友好的な関係になってきたというのに……。これで、中国との関係も終わりですし、拉致問題解決の糸口は消えたも同然です」

葛田は、小さく何度も頷きながら言った。

「まさにディス・イズ・チャイナ。これこそが、太古の昔より、どこの国もあの国を信用しない理由なのでしょうな」

隠密裏に自衛隊を動かすという重大な政治決断がなされたにもかかわらず、十分な議論はなく、官房長官の意見のまま押し切られていた。

15時30分、特別警備隊長のデスクにあるホットラインと呼ばれる秘話装置が内蔵された電話から、突如けたたましい着信音が響いた。着任してまだ2週間の久遠俊介《くおんしゅんすけ》は、一気に顔をこわばらせ、一呼吸してから電話をとった。

「はい、内線35××です」

「特別警備隊長でいらっしゃいますか？　自衛艦隊司令官副官の別井1尉《い》です。司令官からのお電話をお繋《つな》ぎ致します」

1999年3月に北朝鮮の不審船と海上自衛隊のイージス艦とが一触即発の状態になる能登半島沖不審船事件が発生した。この事件をきっかけに、当時の首相の声かけで創設されたのが、自衛隊初の特殊部隊、海上自衛隊特別警備隊である。広島県江田《えた》島《じま》市江田島町に本部を置く、100人程度の小さな部隊だ。部隊創設期より独自の戦術思想、武器体系、教育体系を編み出しており、米軍の影響を大きく受けている自衛隊の中では、特異な存在である。

「了解。はいっ。隊長の久遠でございます。はい。隠密裏に人間を蒸発させる⁈

……えっ、3日以内に？　……はい、承知しました」

ホットラインを切ると、久遠は副長の山崎裕太郎《やまざきゆうたろう》に、第3小隊長と共に隊長室へ来るように言った。特別警備隊は、第3小隊の小隊長が最も古手の小隊長であり、他の小隊長を統括していると言われている。第3小隊長とは、部隊創設メンバーの中心的人物、藤井義貴（3佐・40歳）である。

「バッドマン（藤井のコールサイン）、ディス・イズ・XO（エグゼクティブ・オフィサー：副長）」

「ゴ・アヘッド（内容を送れ）」

「CO（コマンディング・オフィサー：隊長）まで、ASAP（エイサップ＝アズ・スーン・アズ・ポッシブル：可及的速やかに）」

副長からの、藤井を呼び出す無線が流れた。

藤井は、第3小隊で導入予定の水中スクーターを確認試験中だった。電動水中ジェット・スクーターは、外観はジェット・スキーに似ている。跨《また》がるのではなく、うつ伏せに寝そべるようにして乗り、右手のグリップについたアクセルでスピード調節が可能だ。二酸化炭素吸収剤と純酸素を使用することで呼吸を循環させて呼気を海中に放出しない「リブリーザー」と呼ばれる特殊潜水器を装着した状態での操作性や、完全に停止した場合の中性浮力の状態を確認していた。

無線を受けた藤井は、急いでウエットスーツを脱ぎ、海水を洗い流しただけだったが、潜水用品庫から隊長室に来るまで約20分を要した。その間に、久遠は自衛艦隊司令官から、尖閣諸島魚釣島で起きていることに関する細部情報を伝えられていた。

やきもきしながら待っていた久遠は、副長が藤井に状況を説明し終わると、すぐに尋ねた。

「藤井、3日以内だ。3日以内に隠密裏に蒸発させることなんてできるか？」

「はい」

「説明してみろ」

「魚釣島に潜んでいる奴らには、焦りと不安があります」

「なぜ？」

「奴らはミスってます。間違いなくリーダーのミスです。おびき寄せた海上保安官にスリップされてしまったんですよ。灯台の日の丸を中国国旗に替えたのは、海上保安官を招き入れるためです。その一番大事な時に現場を離れていたため、すり抜けられてしまった。時間の読み違いでしょう。しかも、持って行った中国国旗を3枚全部揚げてしまった。1枚も残っていないから、次は日の丸を燃やすしかなかったわけです。時間の読み違いは決定的なミスです。決定的なミスをしたリーダーは、部下に高圧的に出る場合がほとんどです。そうなりゃ仲間割れ、内紛が起きてるかもしれません」

「そういう細かい話はいい。お前たちは何人で行くんだ？」

「3人ですね」

「3人？　たった3人でいいのか？」

「向こうは、特殊部隊ではない4人程度の兵力です」

「なぜそう言い切れるんだ？」

「単独行動を常としている特殊部隊員であれば一人でも作戦行動がとれますから、灯台付近に待ち伏せ要員を張り付けておけます。通常は、4人1チームが最小単位です。その分離ができなかったとすれば、4人程度しかいないということになります」

隊長の久遠にとって、滑らかな藤井の説明は、癇《かん》にさわるだけだった。

「こちらが3人なのは、数が少ない方が居場所を秘匿《ひとく》しやすいからです。能力さえあれば、数が少ない方が有利です」

「そうか。で、誰を連れて行くんだ？」

「主戦場は夜の山なので、うちの小隊の黒沼と嵐ですね。1時間半ください。エムエムをしながら詳細な作戦を立てます。18：00（ヒトハチマルマル）までには終わるでしょうから、出撃18：45（ヒトハチヨンゴウ）。魚釣島上陸を明日《ミョウヒ》01：00（マルヒトマルマル）で行きます」

「エムエム？」

「マップ・マニューバー、陸軍式の作戦会議です。実際に地図を広げて、その上でコマを動かして、シミュレーションしながらやるから、そう言うんでしょうね」

海上戦闘が主任務の海上自衛隊ではまったくなじみのない陸軍式の会議を、特別警備隊は取り入れている。さっぱり想像がつかない久遠だったが、これ以上、藤井に質問するのも沽券《こけん》に関わるとばかりに容認した。

「わかった。それでいいだろう。副長、航空部隊と調整してくれ。そして藤井、そのエムエムはここでやれ。俺も参加する」

「ここって、隊長のお部屋で？」

「そうだ」

「構いませんけれど、行儀の悪い奴らで……」

「そんなことは構わん」

「では、今から二人に魚釣島で起きていることを説明して、15分後に始めます。副長、航空部隊とは、18：45（ヒトハチヨンゴウ）にうちのヘリポートを飛び立って、奄美あたりで給油して、直接魚釣島の沖合2マイル（約4キロ）に00：30（マルマルサンマル）に3名をキャスティング（海面に飛び降りる）させる、ということで調整してください。キャスティングするポイントと、そこへの進入針路、最終高度、最終速度の調整は、後ほど私が飛行隊長と直接すると伝えてください」

藤井がそう言ってから、ぴったり15分後に3人が隊長室に入って来た。手ぶらの藤井を先頭に、藤井に比べて横幅のある、がっちりとした体格の黒沼栄一（曹長・37歳）第3小隊チーフ（下士官のトップ）、その後ろから、藤井や黒沼よりも長身で第3小隊の戦術を担当している嵐康弘（2曹・33歳）が続く。3人は挨拶《あいさつ》もなく部屋の奥へ進み、そのまま久遠のいる応接セットのソファに座るなり、嵐の持ってきた、A3に拡大コピーした魚釣島の地図をテーブルに広げた。久遠は礼儀知らずとばかりに睨みつけた。

「まず、任務分析。黒沼はどう考えた？」

いきなり会議を始めようとする藤井に、隊長の久遠が右の手のひらで待ったをかけた。

「任務の詳細に関しては、自衛艦隊司令官から直接、俺が電話を受けている！　政府の意向はな……」

「隠密裏に蒸発させることですよね。9時間後に魚釣島に上陸するとなると時間がございませんので、私たちのやり方で進めさせていただきたく……。ご指導は後ほどお受け致しますので、お願い致します」

久遠はムッとしたが、黙るしかなかった。

「黒沼！　さっさと言え」

「まあ、奴らの最終的な任務は、魚釣島で中国海警局に逮捕されることでしょうねえ」

久遠は、顔から火が出る思いだった。「任務分析」とは当然、自分たちに与えられた任務に関してだと思っていたら、敵が受けている任務をどう推測するかという話だったからである。

「嵐は？」

「見え見えよ。上陸している奴らは旗の揚げ替えにきた保安庁クンに発砲する。保安庁は撤退する。中国の海警局が強引に上陸してくる。撤退する保安庁とすれ違いに、見せかけの銃撃戦をしながら海警局は島に突っ込み、奴らを拘束する。魚釣島で中国国家機関が中国人を拘束した。日本の国家機関の目の前で問題を解決した。その島はどの国の領土ですかって話よ！　国際司法裁判への実績作りじゃろ！」

出身地の鳥取弁と、もう長く住んでなじんだ呉《くれ》弁の混ざった口調でそう言うと、嵐はソファに身体《からだ》を投げ出した。その隣の黒沼も「そんなとこでしょう。私も同じです」と同調した。藤井は準備体操の首回しのような仕草をしながら話を聞いていたが、その動きを止めると二人に問うた。

「そんな気もするけど、なんかよ、違うんだよ。もっと大がかりじゃねえと世界ニュースにならねえよ」

嵐は反射的に上半身を起こし、黒沼はもともと大きな目をさらに広げて、藤井の口元に注目した。

「だって、嵐の絵柄では世界的なニュースになんねえよ。中国側が動画を配信したところでインパクトが小せえ。中国人が魚釣島に潜伏している、今現在も魚釣島のどかにいる、それを巡って、日本と中国が揉《も》めている、となれば、面白れえよ。そりゃ注目するだろ。今後どうなるかに興味が湧《わ》くもんな……」

顔をしかめて聞いていた嵐が言った。

「確かにな……。中国とすれば魚釣島に籠城《ろうじょう》させて、世界の注目を集めたところで、ひと芝居打ちたいのか……」

藤井は手品の種明かしを得意げにする子供のように、説明を始めた。

「保安庁は一回、旗の揚げ替えに成功してるんだ。それは中国の奴《やつ》らが灯台を離れていたからできたわけで、奴らには離れなければならない理由があったってことだ。拠点を作る必要があったんじゃねえのか？　それは籠城しろと命じられているからだ。魚釣島に中国人が上陸して、海上保安官がそいつらに撃たれ、撃った中国人が今も魚釣島に立て籠《こ》もっているとなれば、世界が放っておけねえニュースになる。そうなりゃ、日本政府も警察のＳＡＴ（特殊急襲部隊）や防衛省の派出を考える。領土問題で揉めている国とその現場で銃撃戦になることは避けたいから、なんとか穏便に話し合いで済まそうと奔走する。2、3日はすぐに経っちまうさ。騒ぎがどんどん大きくなったその頃、奴らが中国海警局にならば投降すると言いだし、海警局が強引に上陸して逮捕する、これならわかる」

嵐は腕を組み、藤井を睨《にら》みつけるかのような形相《ぎょうそう》で、「そうだな」と小さく呟《つぶや》いた。

黒沼はソファに深く座り、左右のこめかみを左右の親指で押しながら、うつむいて目をつぶっていた。

「黒沼、敵の任務のキーワードは？」

目をつぶったまま黒沼は即答した。

「海上保安官に負傷以上を負わせること。籠城して世界的なニュースにすること。海警局に投降して日本のメンツを潰《つぶ》すこと。この3つでしょう」

「キーワードはそんなところだろう。よし次、敵の強点弱点《きょうてんじゃくてん》は何だ？　嵐！」

「強点なぁ……。先に上陸しとるけぇ、地の利があるくらいかのう。要は拠点が作れる。水場を押さえたはずじゃ。弱点は、泳いで行ったんじゃけぇ、物資が乏しい。しかも、籠城せにゃいかん。水がネックになる。水場を取られたら終わりということかのう」

「そこだな、やつらのアキレス腱《けん》は、水場だ」

ここで、先ほどからずっと目をつぶって考えごとをしていた黒沼が、吹っ切れたようにしゃべり出した。

「わかった！　そうだよ。おかしいと思ったんだ。あいつらは、夜、歩けないんだよ。だから、明るくなる頃に上陸してきたんだ。明るいから保安庁に旗を揚げ替えたのがすぐに見つかって、山で拠点を作っている最中に日の丸に替えられちまったんだ。夜歩けるなら、もっと早い時間に上陸して、暗いうちに拠点を作るだろう。俺らならそうするよ」

丸々とした両目を輝かせる黒沼に、嵐も興奮気味に答えた。

「なるほど、そうじゃ、それじゃ！　俺らだって、夜間ノー・ライトで動けるようになるまでには結構時間がかかったもんな。奴らには、物が見えない状態で地形の特徴を読み取り、自己位置を判断する能力がないんじゃ！」

盛り上がる二人の前で藤井は、眉間《みけん》に皺《しわ》を寄せ、目を細めてテーブル上の魚釣島の地図を凝視していた。

「黒沼、電子チャートを起動しろ」

指示された黒沼は、待ってましたとばかりにパソコンを開けた。

「この尾根を通って、奈良原岳《ならはらだけ》山頂へ上がる。上陸ポイントはここだ。東へ強い潮があるからな、流されながら陸岸に近づけば、この小さな湾には入りやすい。衛星写真を見ろ、ビーチがあるはずだ。岩場とビーチの境目に上陸する」

藤井が紙の地図上に示したルートを、黒沼がパソコンの電子地図にマウスでなぞった。

「上陸してから山頂まで、距離1・1キロ、高低差362メートル。20キロ担《かつ》いで、所要時間は余裕をもって1時間です」

黒沼の背筋がピンと伸び、口調が早く、丁寧になった。

「そうか、01:00(マルヒト)に上陸だから、02:00(マルフタ)に山頂到着か」

「明日の日の出は、石垣島で06:18(マルロクヒトハチ)です。航海薄明は、05:15(マルゴウヒトゴウ)です。月齢8、上陸直後に沈みます」

嵐は動きを早め、標準語を使い始めた。

言動を変えたのは、自分の役目が変わったからだ。敵の腹を探るために3人で知恵を出し合う作業から、藤井が練る作戦の基本構想をサポートする立場となった。

藤井が今何を考えているか、黒沼と嵐は手に取るようにわかる。どのタイミングでどの情報を藤井に与えるべきかだけを考えている。藤井の頭の回転速度とともに、二人も同期して回転が速くなり、結果的に早口になる。

役目によって口調も態度も変わるのは、特別警備隊員の特徴の一つである。

「水が出る場所を考えると、拠点を作りそうなのは3ヶ所、いずれも山頂から750メートル離れています」

黒沼は、藤井の指示を待つことなく、パソコンの電子地図から魚釣島の連中が拠点を作りそうな場所を探し、山頂からそこまでの距離を計測した。

「3ヶ所あるのか……。山頂からは3人が分離して、単独でその3ヶ所へ向かうしかないな。奴らに感づかれないように、3時間かけてスネーク・オペレーション（音を出さない匍匐前進）とする。嵐、分速にしたら？」

「時速250メートルだから、分速4メートル」

「分速4メートルか、15秒で1メートル……。ギリギリだな。それ以上スピードを上げると音が出る……。そこに着くのが05：00（マルゴウマルマル）、航海薄明の15分前だ。奴らじゃまだ灯台付近に向けて移動開始できないが、動きはあるはずだ。夜の山を歩けない奴らだから、必ず音を出す。下手すりゃライトを使うかもしれない。動けばその瞬間に場所がわかる。よし、もういいな？」

黒沼と嵐は、二人揃って顎《あご》を上にツンと突き上げた。「同意」を表す、特警隊ならではのボディー・ランゲージだ。

「隊長、エムエム終了します」

「えっ、藤井、まだなんにも決まってないじゃないか」

「ここから先は、そこの空気を吸わないと決められません。そこには、奴らの不安、自信、恐怖、戸惑い、すべての感情が溢《あふ》れ出しています。それを感じてから決めます」

「ああ、そうなのか……」

「確認しますが、政府の内意は、島の奴らを蒸発させろ、なんですね？」

「ああ。司令官はそう言ってる」

「必成目標（必ず達成しなければならない目標）は奴らを島から消す。なら、生かすも殺すもこちらの裁量ですね？」

「3日以内、隠密裏、蒸発。俺が直接聞いたのはその3点だ」

「ならば、奴らの心を完全に壊すことにします。思い出すだけで精神に支障をきたすぐらい追い込み、身体は無傷、心だけをササラモササラにしてから、島を出します。日本での恐怖体験を吹聴《ふいちょう》させてやります」

「何だ、ササラモササラって？　メチャクチャにするということか？　とにかく隠密裏にやれ。わかったか」

隊長の久遠は、「自分が許可しなければお前たちは何もできないんだ」と伝えたかったが、うまく表現することができず、その場を去る藤井たちの後ろ姿を、ため息とともに見送った。

18時43分、日没の10分前に山口県岩国基地所属のＭＣＨ－１０１ヘリコプターが着陸した。全長が22・8メートルにも及ぶ大型の掃海・輸送ヘリであり、航続距離９００キロを誇る。薄暗い機内に濃紺の突入服というつなぎを着た3人が乗り込んできた。クルーに示され、キャンバス生地の座席に座ると、クルーは藤井にだけヘッドセットを持ってきた。機長と会話をするためである。

「機長、感度ありますか？　特警隊の藤井です。お世話になります」

「はい、機長の見《み》上《かみ》です。感度良好です。奄美で燃料補給をして一気に尖閣に行きたいところですが、民間飛行場は行動秘匿の面から使用したくないので、鹿屋《かのや》、那覇と経由します。それぞれのＥＴＡ（到着予定時刻）は、20：00（フタマルマルマル）と22：40（フタフタヨンマル）。尖閣沖、ドロップ・ポイント、00：30（マルマルサンマル）です」

「了解です。我々は那覇をテイクオフしてから最終準備を開始します」

藤井は、左隣に座っている黒沼と嵐に、目をつぶりながら左手を枕《まくら》のようにする仕草をして「寝ろ」と指示した。

ヘリが離陸すると、背負っていたバックパックの中から厚さ1ミリのワンピース型のウエットスーツを取り出し、冷たいヘリの床に布団《ふとん》を敷くように置く。バックパックを枕に、あっという間に眠りに落ちた3人が目を覚ましたのは、那覇空港へほぼ予定通りに着陸した時だった。

給油を開始した機内は、窓から入る空港ビルの明かりで人の存在はわかったが、3人がフェイス・ペイントをして顔を黒く着色すると見えなくなった。

布団代わりにしていたウエットスーツに着替え終わると、黒沼と嵐は、藤井に親指を突き立てた。最終準備が完了したという意味である。藤井は、右手の人差し指と中指を額に当てて、ゆっくりと回した。ヘリから洋上に飛び降りてから作戦が終了するまでを何パターンも想像し、シミュレーションしておけという意味だ。3人は、あぐらをかき、腕を組みながら、イメージ・トレーニングを開始した。

藤井の意識がシミュレーションから、機内にいる現実の自分に戻ったのは、クルーから肩をポンポンと2回叩《たた》かれたからである。クルーは、藤井の顔の前で指を3本突き立てた。降下ポイント到着3分前、3人は立ち上がり、機体右側の機長席後方の扉に向かった。職業ダイバーが使用する黒いダイビング・フィンのストラップに手首を通す。着水してからフィンを足に装着するためだ。

クルーが扉を開けると、眼下5メートルには時折白波の立つ真っ黒な海面が見えた。藤井は、扉から顔を突き出し、ヘリの進行方向に魚釣島灯台の弱い明かりを確認した。クルーに挙手の敬礼をすると、両手を胸の前で交差させフィンを抱えて飛び降りた。それに黒沼、嵐が3秒間隔で続く。

着水後、素早くフィンのストラップをかかとにひっかけ、足に装着すると、魚釣島に向かって藤井は進み出した。ダイビング・マスクもシュノーケルも装着していない。必要ないのだ。仰向けで額越しに灯台の明かりを見ながら、空中と、水面と灯台付近を警戒しつつ、強い海流に乗っていることを感じながら進んだ。魚釣島の北側を東に進む黒潮に乗って、徐々に島に近づいていく。

藤井は、砂浜と岩場の境目に海に向かって突き出ている大きな岩を発見すると、カウンター・ダイバーが潜んでいないかを確認しながら近づいて行く。右手はだらりと海底に向けている。

「ザクッ」指先が海底の砂に触れた。

水深が50センチ程度になった。くるりと身体を回転させ、顔を下に向けると、両手で海底の砂をかきながら進む。水深が20センチ程度になり胸が海底に触れるようになったところで、腕に装着していた刃渡り28センチ、グリップ14センチの水中格闘用ナイフを砂に突き立て、身体が波に持っていかれないようにしながら、匍匐《ほふく》前進を始めた。大きな岩の下の僅《わず》かな陰に身を寄せると、動きを止めてジッとする。強い引き潮に耐えていると藤井の身体の下が激しい引き潮でえぐれ、溝になっていく。後に続く黒沼、嵐は、その溝の中を5メートルずつ空けて続いた。

波の届かない位置まで来ると3人はゆっくりと仰向けになり、動きを止めた。視覚、聴覚、嗅覚《きゅうかく》に加え、皮膚の露出した前頭部で外気温を感知し、付近の状況を確認する。3人の脳内には、全身のセンサーが捉《とら》えた付近の状況が、暗視装置で撮影したような映像として浮かんでいた。そこには自分以外に体温を持つ2体が映り、それらを仲間として認識していた。さらに、その映像は3体の意識の中で同期しており、言葉、ハンド・シグナル、無線機などを使わなくても、仲間の意思を感じ取り、自分の意思を伝えることができた。

訓練あっての特殊部隊員の能力だが、彼らにしか使えない超能力というわけではない。一流のサッカーやバスケットの選手たちは、同様の能力を使って試合状況を把握し、チームメイトとの間で、高速で高度な意思疎通《そつう》を図る。

藤井は顔を歪《ゆが》ませた。失策に気づいたからである。表情を戻し、フィンを外して、それをバックパックに括《くく》りつけて、砂浜から草藪《くさやぶ》の方にゆっくりと歩きだして立ち止まり、また顔を歪ませた。その失策が深刻な問題だったからである。

失策とは、虫の音《ね》だ。

コオロギとバッタ類の虫が、無数に鳴いている。山に向かえば向かうほど盛んに鳴いている。人の住む地ではありえない音量が島全体に響いている。

平和の象徴の虫の音だが、スネーク・オペレーションにとっては最大の敵である。連中の拠点に近づく際、1分間で4メートル前進する計画だった。このスピードなら、相手が人間であれば、10メートル圏内を通過しても決して気づかれない。しかし、自然界の生き物はそこまで呑気《のんき》ではない。わずかな異音を察知し、鳴き止《や》む。突然、虫の音が一斉に止んだら、いかに鈍感な人間でも、何かの接近に気づく。

のっけから予想外の敵が現れたが、どんな作戦計画にも必ず失策は含まれているのだ。そもそも事前情報がすべて正確なわけではないし、人はミスを犯すものなのだ。

［山頂までのスピードを上げて時間を稼ぐしかねえ。敵の拠点がいよいよ近づいたら、虫が鳴き止まないスピードにまで落とすだけのことだ］

集まってきた黒沼と嵐に、藤井は右手の人差し指と中指で腕時計を2回叩き、前方に素早く2回振り下ろした。「急げ」という意味である。二人は、藤井の意図を理解していた。彼らも上陸してすぐ、虫の音に気づいたからだ。

嵐が軽く頷《うなず》いて藤井の脇《わき》を通り、山に向かって足早に進んだ。藤井は、嵐をぎりぎり認識できる3メートルの間隔で続き、最後尾の黒沼も同じ距離を藤井との間にとった。手榴弾《しゅりゅうだん》や対人地雷のような爆発物が炸裂《さくれつ》した場合の被害を最小限にするためである。

道のない山中を移動する際は、傾斜以上に植生の状態がスピードに大きく影響する。膝《ひざ》まで埋もれるようなシダが群生していたら、スピードは4分の1、体力の消耗は10倍になる。

幸い魚釣島は、植生が弱く、歩きやすかった。野生のヤギが下草を食べているからだ。海から上がった3人はずぶ濡《ぬ》れだったが、平均傾斜25度の斜面を時速1・5キロ、分速25メートルで歩を進め、ずぶ濡れの身体は体温が上昇して急速に乾いていった。

このスピードで山頂にいつ到着となるか、休憩を何分取ると体力がどれほど回復するか。藤井は計算しつつ、潜んでいる連中の身体から溢れ出るはずの感情のオーラをキャッチしようとした。この「感じる」というセンサーは、視覚や聴覚と同様に、訓練により研ぎ澄まされていた。人間にはまだ、科学で解明されない第六感や第七感があるのかもしれない。

突然、前方を歩く嵐がその場に伏せた。藤井も黒沼も慌《あわ》てて伏せた。3人とも音を立てずに伏せたが、動きに驚いた蛍が一斉に光り出し、彼らのシルエットを浮き上がらせた。

こうなってしまうと、人間はどうすることもできない。ただじっとして、心の中で「蛍よ、落ち着いてくれ、落ち着いてくれ」と念じるしかなかった。

伏せた姿勢のまま藤井が前方をうかがうと、確かに嵐の先に〝人〟の気配を感じたものの、体温を感じることはなかった。生き物ではない。

「こっち側の人間じゃねえ、行け」と藤井が言うと、嵐は、何の躊躇《ちゅうちょ》もなく進み始めた。こういうことはよくあり、科学で証明されていないものの存在も、その存在を感知する感性も、この部隊では大切にしている。

「なんの未練があるんだか知らねえけど、邪魔しねえでくれ。あっちの世界に行っちまった人の相手なんかしてる余裕はねえ」

歩き始めてから30分、毎日10キロ走っていても、口から心臓が出て来そうなほどキツい。あと10分で山頂に着き、そこで5分間動かなければ体力は回復するとわかっている。それでも、キツいものはキツい。

このキツさを少しでも和らげるために、藤井は自分の恐怖心を煽《あお》った。強い恐怖や不安を感じるように自分を仕向けて、肉体的な苦痛をかき消そうとしたのである。

「おかしい。何かがおかしい。奴らの警戒心をなぜ感じないんだ？　警戒心は必ず何かしらのシグナルを出す。なのに、ない。俺の感性が鈍っているのか？　奴らがシグナルを隠す技術を持っているのか？　俺が奴らの術中にはまっているのか？」

煽った恐怖心の効果は表れない。苦しさはピークだった。敵の存在圏まで1キロになろうというのに何も感じることができず、藤井は自分の感性を疑い始めた。

すると、3メートル先の嵐がこちらを向いて止まった。山頂に着いたのだ。

服で覆《おお》われていない嵐の顔だけが、宙に浮いていた。人間の身体は発光するのである。極めて微弱な光だから服を通すことはないし、肉眼では見えないとされているが、暗闇《くらやみ》での訓練を重ねている藤井と黒沼の目にはぼんやり映る。

藤井は、右手の人差し指と中指の2本を立て、耳のあたりで横に2回グルグルと手首を回した。集合せよ、という意味だ。

3人はその場であぐらをかき、両肘《りょうひじ》を両膝の上に置いて、全員の額を突き合わせた。

藤井がほとんど音になっていない声で話し始めた。

「奴らは、明るくなってから灯台付近に移動する」

黒沼が右手で藤井を制止するような仕草をした。

「それより、おかしくないですか？ 奴らは今何をしているんでしょう？ 何も感じない」

藤井は、嵐の顔を見て顎をしゃくった。

「俺もなんにも感じねえんだよ。まさか全員寝てる？」

「俺もだ。人間から漏れ出ちまう気のようなものがまったくない。このタイミングで俺たちが上陸してくることを、まったく予想していないのかもしれない。それほど日本をナメている可能性はある。甘く見ちゃいかんが、慎重になりすぎても〝いくさ〟にならねえ。予定通り、今から3人が分離してスネーク・オペレーションを行う。二人とも不安だけだな、嫌な予感はねえな？」

黒沼と嵐は首を横に振った。

「3人がそれぞれ向かう、水が湧きそうなところの1ヶ所は、今現在奴らがいる拠点だ。1ヶ所は、水場は作っただろうけど予備拠点で今は誰もいない。もう1ヶ所は、水場を作っていなければ誰もいない〝はずれ〟だ。奴らは日の出前に必ず動く。動けばピンポイントで場所がわかる。その時点では何もするな。そのまま行かせろ。3つのうちの拠点がどれなのかさえわかればいいんだ。奴らは保安庁が上陸する可能性のある昼間に灯台を離れることはない。一回すり抜けられてるから、離れるわけがない。だから、拠点さえわかれば、俺らは昼間ゆっくり、たっぷり、仕込みができる」

「仕込み？」

嵐が訊《き》いたが、黒沼が制した。

「質問は最後だ。指示を全部出しちゃってください」

「よし。拠点と予備拠点それぞれに、水場が作ってあるはずだ。そこに、持ってきた殺鼠剤《さっそざい》漬けの蟹《かに》をばら撒《ま》け。ただし、水場には蟹を入れるな。俺たちが水を飲めなくなるからな。白い腹を見せてひっくり返っている蟹の死骸《しがい》がそこいら中にあったら、連中がいくらボンクラでもそこの水は飲まねえ。次に、拠点の残置物品を撤去しろ。予備拠点には荷物はないだろう。奴らが拠点に戻ってきたら、敵の襲撃をくらっていて、水場には毒を撒かれ、置いておいた荷物も持ち去られたと、そう思わせたい。ここまで、どうだ？」

二人は親指を立てた。

「拠点を荒らされた奴らは、予備拠点に必ず移動する。その道中で仕留める。だから、俺らが次にすることは、拠点から予備拠点への移動ルート上にキル・ポイント（敵を引き込み、仕留める場所）を設定することだ。拠点を見つけた者は、予備拠点へのルートを探せ。簡単に見つかるよ、奴らは昨日の昼間そこを通ってるからな。4人以上が草を踏みしめ、蜘《く》蛛《も》の巣を引きちぎりながら、枝を折って往復したんだ。予備拠点を見つけた者は、拠点へのルートを探せ。これも簡単に見つかる。奴らは往復してるからな。キル・ポイントの細工は全員でやる。5分後に出発。ヘッドセットを装着しろ。今からは無線を使う」

3人が分離し、それぞれ自分の進むべき方向を確認していると、骨伝導式のヘッドセットから藤井の声が聞こえてきた。

「オール・ユニット、ディス・イズ・バッドマン（藤井のコールサイン）、ロメオ・チャーリー（「レディオ・チェック」：感度試験の頭文字RC）」

「ディス・イズ・スタッド（黒沼のコールサイン）、リマー・チャーリー（「ラウド・アンド・クリアー」：感明良好の頭文字LC）」

「ディス・イズ・アグレッサー（嵐のコールサイン）、リマー・チャーリー」

「ディス・イズ・バッドマン、ラジャー、コメンス・オペレーション（作戦開始）」

藤井は、ルミノックスの腕時計に付いているコンパスを、釣り用の極小ケミカル・ライトで照らし、自分が進む方向を確認していた。進行方向を確認すると、匍匐前進のスネークではなく、キャット・ウォークで動き始めた。ネコ科の動物が獲物に忍び寄る際の歩き方で、踵《かかと》を着地させたら足の外側から親指の付け根に向けてぐるりと、体重を少しずつ慎重にかけていく。

この移動法を使ったのは、小枝を踏み折って音を出すことを避けるためである。静まりかえった山中において、ほんの数ミリの太さでも枝が折れる音はかなり響く。3人とも、つま先に鉄芯《てっしん》を入れた底の薄い地下足袋を履き、足の裏に意識を集中している。

山の頂上から拠点と思われる場所までの距離は750メートルだが、藤井は250メートルをキャット・ウォークで進み、残りの500メートルをスネークで進んだ。うつ伏せになって尺取り虫のように動くスネークを開始すると、全身で魚釣島を感じた。

1分間で3メートル弱しか進まないスネークで、最初に感じたのは島の匂《にお》いである。それは、虫、落ち葉、ヤギの排泄物《はいせつぶつ》、コケなど、魚釣島を形成する物すべてが発する匂いだ。一番強烈なのは蛇だった。やたら臭い。5メートル圏内に入れば必ずわかる。それもそのはず、蛇の名はシュウダ（臭蛇）である。危険を感じると、総排泄孔《そうはいせつこう》から悪臭のする分泌物《ぶんぴつぶつ》を出す。

藤井の位置は、目的地まで200メートルを切った。だが、いまだに何も感じず、まったく人の気配がない。かわりに地面の湿度が上がってきた。身体の前面がジメッとして、土の匂いが湿っぽい。

この付近で水が出る。藤井は確信した。同時に、ここが拠点でも予備拠点でもないこともわかった。

ここには100年近く、人間が入っていない。大自然の掟《おきて》に従って、すべての生物が生態系という共助社会を形成している。すべてが噛《か》み合い、リンクして生きている。

藤井は仰向けになり、大自然のリズムに自分の心拍と呼吸を合わせようとした。何かが繋がり、肉体が自然と同化し、魚釣島を形成している一部になっていく。このまずっとそうしていたいような、なんとも心地のいい時間だ。

そのうち、東の空が白み始めたが、誰からの報告も来ない。

［この時間に連中が動かないはずはない。動いたのに、それをあの二人が見逃すはずもない。何かがおかしい……。自分の無線が壊れていて、報告を受信できていないのか？　黒沼と嵐が奴らに見つかり、処理されてしまったのか？　奴らを術中にはめるはずが、実はこっちがはめられていて、包囲網がどんどん狭められている最中なのか？］

自分の作戦にどれほどの自信があろうと、派出した部下をどんなに信頼していようと、不安はつきまとう。その不安に耐えきれず、余計なことをした瞬間にすべてが崩れる。それが特殊戦であるということが藤井には痛いほどわかっていたが、無線で「状況知らせ」と訊き出したい衝動が消えることはなかった。

無線が正常に機能しているかどうかを確認するために……二人の生存を確認するために……と、衝動を正当化する理由は次から次へと湧いてきた。それらを抑え込んでいるうちに、完全に夜が明けた。

藤井の不安は頂点に達していた。

「俺が予想し、予定した通りに作戦が進んでいないことは間違いねえ。それなら、すぐに状況を摑《つか》み、作戦を変更しなきゃならない。不安に耐えるだけで成功するほど、特殊戦は甘くねえ。でも、今この不安に負けて動いたら、すべてをぶち壊すかもしれない……」

藤井は、決して答えの出ない堂々巡りの中にいた。

「よし、あと10分だけ待つ」

12分後、骨伝導式の無線スピーカーから声が流れてきた。

「ディス・イズ・アグレッサー、拠点への処置終わり。予備拠点へのルート上にキル・ポイント最適地を探す」

嵐だった。藤井は、ゆっくり長い息を吐き終えると、無線機のプレス・ボタンを素早く2回押した。了解したという意味である。その直後、「パチッ、パチッ、パチッ」と聞こえた。黒沼が了解したという意味である。藤井は、もう一度長く息を吐き、うつむいて「こんなもんだ。俺がはずれで、アグレッサーが拠点。スタッドが予備拠点か」と小さな声で呟いた。

10分だけ待つと決めたが、結局、10分以上待った。10分経《た》った時に、堂々巡りの不安の中で、いくつかの歯車が噛み合い始め、いい波が手の届く距離まで来ている、5分以内に無線連絡が来る、という気がしたからだ。

流れに乗るか乗らないかの分かれ道は、10分が経過した時だった。あそこで動いてしまえば乗れなかっただろう。これが運を掴む、運を引き寄せるということなのだ。自分を信じて行動できないのなら、勝負事はしない方がいい。勝ち負けは、結果が出るだいぶ前に決まっている。

3分もしないうちに、今度は黒沼から無線が入った。

「ディス・イズ・スタッド、予備拠点への殺鼠剤の仕込み終了。拠点へのルート上にキル・ポイント最適地を探す」

要するに、拠点を作りそうな3ヶ所のうち、彼らが潜んでいた拠点を嵐が、予備拠点を黒沼が発見し、二人とも、殺鼠剤漬けの蟹を撒く等の処置を終えた。嵐は拠点から予備拠点の途中に、キル・ポイントに都合のいい場所を探し、黒沼は予備拠点から拠点へ向かいながら同様の場所を探しているのだ。

自分も移動しようと考えた藤井が足跡を消したり、倒した草を起こしたり、痕跡《こんせき》を消していると、再び嵐から無線が入った。

「ディス・イズ・アグレッサー、キル・ポイント最適地発見、ポジション113425。こちらへ来い」

嵐は、MGRS（ミリタリー・グリッド・リファレンス・システム）方式、NATO軍で使われる位置表示法で、自分のいる場所を知らせてきた。

「パチッ、パチッ、パチッ」（黒沼、了解）

「バッドマン、ラジャー。そちらへ向かう」

30分後、3人は顔を揃《そろ》えた。

藤井は、つい先ほどまで不安や逡巡《しゅんじゅん》によどんでいたことなど嘘《うそ》のように、自信に満ち溢れた表情で語りだした。

「奴らは夕方、最高の状態で拠点に戻ってくる」

「最高の状態？」

黒沼と嵐は、眉間に皺を寄せて、怪訝《けげん》な顔で聞いていた。

「1日待っても保安庁は来ない。リーダーは焦《あせ》るさ。日の丸を燃やしたことで保安庁がもう一度来てくれれば襲撃ができるから、一度すり抜けられた件も上級司令部にバレないが、来ないとなると、ミスを報告した上で作戦変更の打診もしなけりゃならない。上司に自分のミスを隠そうとする奴は、必ず部下に無理強いをする。やられた部下にしたら不信感しか湧かねえよ。焦燥感に駆られるリーダーと不信感にまみれる部下。最高の状態だ。拠点に戻ってみたら、水場に毒は撒かれてるわ、荷物は持ち去られてるわだ。負け〝いくさ〟のスパイラルの中を予備拠点に向かうはずだ。その時にここを通る。ワイヤーをキツめに張れ。キツめに張ればワナ線を切る寸前で気づく。そうなったら、嵐ならどうする」

「どこにまた、ワナ線が張ってあるかわからんから動けんよ。明るくなるまで、その場で耐えるしかないじゃろうな」

「そうだ。暗闇の中で動けない。そんな時に付近の虫の音が一斉に鳴き止んだだけで、途方もない不安に駆られる。突然、蛍が一斉に発光したら……。あの臭え蛇も上から落とせ。足音以外で生き物が移動している音も恐怖心をかき立てる。奴らの怯《おび》えのスイッチを際限なく入れさせろ。30分で仲間割れ、1時間で戦意消滅だ。3時間で精神がぶっ壊れる。こっちの姿を見せずに恐怖心を徹底的に煽れ。壊れたくらいで手を緩めるな」

嵐の目が爛々《らんらん》としてきた。

「ここまで来れば、もう軍事作戦じゃねえ。いじめの世界だ。アグレッサー、いじめとなれば、お前に敵《かな》う奴はいねえ。スタッドはアグレッサーがやり過ぎないように注意しとけ。いいな、仕留めるんじゃねえぞ。生かしたままだ。徹底的に追い込んで、最後に海に逃がせ。俺は山頂に用事がある」

翌朝、東の空が白み始めた頃、藤井は山頂で寝そべって、うつらうつらしていた。

無線から黒沼の声が聞こえてきた。

「バッドマン、ディス・イズ・スタッド、マイク・チャーリー（ミッション・コンプリート：任務完遂の頭文字MC）、オーバー」

「ラジャー、カム・アップ・ヒア」

山頂に着いた黒沼と嵐は、垂直に切り立った崖《がけ》の縁に10メートルほどの白い布が置いてあるのを発見した。黒沼が尋ねた。

「何ですかこれは」

「表札だ」

「表札？」

「ああ、特大の日の丸だ」

嵐が解《げ》せない顔をした。

「それをここから垂らすんかい？　そういうの嫌いじゃん？」

「そういうのって何だ？」

「国旗とか、武士道とか、愛国心とか、嫌いじゃろ」

「そんなことねえよ。俺は、明確な意思も覚悟もないくせに、そういうものを担ぎ出して徒党を組もうとする自称愛国者とかが嫌いなだけだ。世の中の風潮が変わったら、あっと言う間に意見を180度変えそうで信用できねえ」

藤井の語りが勢いづいたところで、黒沼がストップをかけた。

「バッドマン、私たち相手なら構いませんがね、他では言わんでくださいよ。娑婆《しゃば》はもちろんのこと、自衛隊内でだってダメです。自衛隊内の方がむしろ危険かもしれません。こいつは命令違反をしかねないと思われるし、それを利用されますよ」

「利用される？」

「隊長を見ていればよくわかるじゃないですか。奴のようにバッドマンのことを快く思ってない奴は、山ほどいます。あなたをコントロールする自信がないんですよ。そういうあなたがこの部隊にいることを是とする人もいますが、問題視している人の方が遥《はる》かに多いんです。平時はおとなしくしていてください」

「わかったよ」

藤井は、地面にあぐらをかいて、腕を組んで下を向いたまま答えた。

「ほんとにわかってますか？　勝負は、有事にしてください」

顔を上げ、黒沼の顔を見ると、眉毛《まゆげ》を一瞬上に動かしてから、軽く頷いた。

「わかった。アグレッサー、表札を垂らして来い。この島に誰の息がかかっているのか示すんだ。奴らは、海にいる。そうならば、4ノット（時速約7キロ）以上ある潮で必ず南東に流されて、間違いなく魚釣島山頂の巨大な日の丸を見ることになる。死ぬ目に遭わせ、最後に逃がしてくれたのが誰かを思い知るさ。スタッド、酒を出せ。飲もうや」

「酒なんかないですよ。誰が持って来るんですか？」

「あるよ、お前のバックパックの一番下にヴォッカが入れてある」

「はあ、自分で持ってくればいいでしょ。何で俺のに入れるんですか」

「結構、重いからな」

「バッドマン、人としておかしいですよ……」

「まあ、怒るなよ。もうすぐ夜が明ける。夜明けを見ながら飲もう。最高の景色が見れる」

黒沼が苦笑して、自分のバックパックからヴォッカのボトルを取り出して開けた。

「アグレッサー、どうやって追い込んだ？　どうやって追い込んだんだ？」

「どうやって追い込んだ？　バッドマンがヒントを言ってたじゃねえかよ。そんなことより、強さと弱さの違いがよくわかったよ」

黒沼から渡されたヴォッカを一口飲み込んだ藤井は、嵐を見ながら、ヴォッカを黒沼に戻した。

「なんだそりゃ？」

「あいつらの不安と恐怖が最高潮に達したのは、深夜、暗闇で追い込んでる時じゃなかったよ。俺は、いつ、どこから、どんな者が、どうやって襲ってくるのかがわからない状態で追い詰めて、メンタルをブチ壊してやろうと思っとった。でも、壊れそうで壊れねえんだ。『背水の陣』とは、よく言ったもんよ。奴らは、明るくなるまで、ここで耐えるしかないと思ってるから強いんだ。それがよ、明るくなってきて、作っといてやった海へと通じるたった一つの退路に奴らが気づいた瞬間に壊れたよ。見えない敵にでも対峙《たいじ》している時は耐えられるんだよな。それが一旦《いったん》背中を向けちまったら最後、とめどない恐怖にかられて、仲間を蹴散《けち》らし、我先にと、そこに殺到して行った。その時の奴らの顔が忘れられねえ。俺たちも一緒だぜ。ああなるよ。任務を捨てて、敵に背中なんか見せたら途端に弱くなるぜ。奴らを見てて、こっちが怖くなった」

藤井から渡されたヴォッカを、喉《のど》を鳴らしながら2回流し込んだ黒沼は、ボトルを嵐の目の前に突き出した。

「バッドマンはアグレッサーがやり過ぎないように見とけと言いましたがね、逆でした。奴らがパニックになって、任務を捨て、仲間を忘れ、我が身だけを考え始めたら、アグレッサーの情が揺れてました。手を緩めるんじゃないかと思うほどでしたよ」

藤井は、飲み終わった嵐からボトルを受け取って、一口飲んだ。

「そこがアグレッサーのいいところだし、ダメなところよ。時には、その似合わねえ優しさを捨てて、お前の顔みたいに残虐《ざんぎゃく》にならんと、任務を逃すぞ」

黙ってうつむきながら、一回だけ頷く嵐を見ながら、藤井は続けた。

「でもよ、半狂乱で逃げ惑う奴らを見て有頂天になるような奴と生きていく気はしねえし、一緒に死ぬ気にもなんねえよ。矛盾してんだけど、その狭間《はざま》でうじうじと生きていくのが俺たち兵隊の宿命だ……。諦《あきら》めるしかねえさ」

藤井は空を見て大きく息を吐くと、すっくと立ち上がって、嵐にボトルを渡して言った。

「残りは飲んじまいな。帰ろう。ヘリを呼べ」

現場で作戦を実行した藤井、黒沼、嵐の3人は、任務を完全に達成したというのに虚脱していた。

一方、この作戦を強引に推し進めた手代木は、得意満面だった。自分の主張した方針で危機は収まった。防衛庁長官時代に深く関わった海上自衛隊の特殊部隊が期待通りの成果を収めたのだ。

しかし、誰にもホッとしている暇はなかった。まもなく、日本の安全保障を揺るがす大きな事件が勃発《ぼっぱつ》し、陸海の特殊部隊が投入される時が迫っていた。自分の運命が時代の渦に巻き込まれていくことを予期した者は、誰一人としていなかった。

第2章　騒乱

広島県　江田島《えたじま》市
20××年2月13日

国内外を問わず、重大事件の第一報は、警察庁外事情報部から来るわけではない。防衛省情報本部からでも内閣情報調査室からでもなく、実際にはテレビ速報のテロップが一番早い。しかも、続報が次々と来る。特派員が急行した現場で生中継をし、ヘリからの画像を流しっぱなしにする。

だから、自衛隊ではテレビを常時つけている。テレビの上には「情報収集中」という札が置いてあり、誰に対してなのかは不明だが、勤務時間中に娯楽としてテレビを観《み》ているわけではない、という静かな主張をしている。部外者の出入りが少ない基地内なのに、生真面目《きまじめ》というか愚直というかピントがズレているというか、いかにも自衛隊らしい。

魚釣島《うおつりじま》の一件から半年が過ぎたこの日も、特別警備隊本部のテレビは、緊急速報のチャイムが鳴ればわかる程度のボリュームでつけっぱなしになっていた。

そのテレビから緊急速報のチャイムが聞こえた。在室していた者は一斉にパソコンから視線を移し、リモコンに一番近い者が素早くボリュームを上げた。テレビ画面にはテロップが出ていた。

〈故北朝鮮総書記の長男　2月13日午前マレーシアで殺害と韓国政府消息筋　聯合《れんごう》ニュース〉

隊長の久遠は立派な隊長室をあてがわれていたが、運用班室にもデスクを置かせ、普段はそこにいた。隊長室に籠《こ》もっていると、受けた報告以外の情報が入って来ないからである。運用班室で班員の電話に聞き耳を立てていれば、部隊調整の進捗《しんちょく》状況などが細かくわかる。

久遠は、隣で事務作業をしている運用班長に命令した。

「訓練中の全小隊に、12：30（ヒトフタサンマル）作戦室集合と無線連絡しろ。隊員を集めて、この事実と今後の国外情勢に注意しておくように言っておけ」

「わかりました」

運用班長は、自分のデスクにあるトランシーバーを手にしてすべての小隊に連絡をした。

「バッドマン、本部から無線連絡じゃ。12：30（ヒトフタサンマル）作戦室集合だってよ」

無線機を持っていた嵐が藤井に報告した。藤井は、第3小隊員とともに前日の夜中から特殊偵察の訓練を実施していた。夜間に海から隠密《おんみつ》上陸し、そのまま山中をノー・ライトで移動し、敵の拠点に忍び寄り、写真撮影を行い、離脱する。

「あと2時間しかねえじゃねえか。訓練は中止だ。移動準備にかかれ。ASAPで戻る。こっちが何をしているかを知ってて集合かけたんだ。ただ事じゃねえ。そのまま出撃するかもしれん」

「そんなことねえよ。昼飯食ったらお昼休みが漏れなくついていると思ってる奴《やつ》がいるんだよ。バブルスがデビューしただけだよ」

「アグレッサー（嵐）の言うことは訳がわかんねえぞ。バグルスってなんだ？」

「グじゃねえよ、バブルスだよ。マイケル・ジャクソンのペットのチンパンジー。あいつにそっくりじゃん」

「隊長か？　似てるっつうかよ、そのものだろ。じゃあ、デビューってなんだ？」

「隊長に着任して半年じゃろ。だいぶ部隊の様子がわかってきたと思って、自分の存在感を出したいわけよ」

「半年じゃ、何もわからんだろ」

「副長とか運用班長とかが、『そうです』『わかりました』しか言わねえから、勘違いし始めてんだよ。『俺が指揮官だ』って思いたいわけよ。こないだ『前の隊長がこう言ってたんですけど』って言ったら、無理くり否定しとったわ」

藤井の女房役の黒沼が報告した。

「バッドマン、撤収完了。移動可能です。時間がないんで木場さんのミカン畑を突っ切ります」

「木場さんなら漁の手伝いもしてるし、文句は言わねえよ。行こう」

黒沼を先頭に、第3小隊の10名は小走りで特別警備隊の基地に向かって進み出した。

12時20分に藤井たちが基地に戻ってくると、隊長の久遠は早めの昼食を終えて、基地内の芝生でゴルフのアプローチの練習をしていた。

嵐が悪態をついた。

「うちのトップはゴルフの棒持って出勤してくるがよ、陸の特殊部隊のトップは背中に日本刀背負って出勤しとったぜ。随分違うのぉ」

最年長40歳、息が切れている藤井は、返事をする気にもなれなかった。

作戦室での説明が終わると、藤井は運用班長に文句をつけた。

「わざわざ訓練を中止させて集めるほどのことか、経験がなくたってわかるだろ。昨日の夜中から朝も昼も食わさないで特殊偵察してたのを止《や》めて戻ってみたら、『国外情勢に注意しておくように』だぞ。ナメ腐ってんのか」

「隊長からの指示ですから」

「言われたことをそのまま伝えるんだったら、軍艦の伝声管と同じだろ。意見することだって大切な仕事だ。言いなりになるな。隊長はどこ行ったんだ」

「指揮官会議があるので、先ほど横須賀に出発しました」

「なに？ 会議は明日の午後だろう。もう行っちまったのか」

「ご家族が横須賀ですから」

「それって理由になんのか。なるわけねえだろ」

藤井は苦笑いをしながら作戦室を後にした。

もうひとつの特殊部隊である陸上自衛隊の特殊作戦群は、千葉県の習志野駐屯地《ちゅうとんち》にある。そこのテレビにも「情報収集中」の札が置いてあり、いつもつけっぱなしだった。

マレーシアでの殺害事件のテロップが流れると、それを見た幹部がすぐに群長室へ向かった。陸の特殊部隊のトップである天道剣一《てんどうけんいち》は、一人でいた。

部下の電話に聞き耳を立てられず、情報は部下が上げてくる報告だけになるが、天道は気にしていなかった。以前、自衛官の違法薬物の使用が問題になり、自衛隊の全部隊に対し、使用経験を指揮官自ら部下全員に問いただせ、という命令が出たとき、「部下を疑って〝いくさ〟ができるか」と、それを拒否した天道である。部下の仕事ぶりをチェックしようという気など、さらさらない。

「群長、ニュースはご存じですか？」

「速報を見た」

「今後、どう発展するかわかりません。全隊員に連絡の取れる態勢を徹底するよう、注意喚起をしておこうと思います」

「しなくていい」

天道はあっさり否定した。

「えっ。気はどうしても緩んでいくものですので、機会を捉《とら》えて注意喚起をしておくべきだと思いますが」

「気が緩んでいる者がいるのか」

「……」

「いるなら、名前を言え。誰だ」

「誰ということは、ないんですが」

天道は、諭すように言った。

「組織、チーム、個人の能力、状態を評価して、不足している部分を訓練させることは大切だ。だが、それと部下を疑うことは別だぞ。評価もせずに何となく気が緩んでいるかもしれない、と疑う姿勢は間違いだ。不安があるのなら、深夜に非常呼集をやれ。それで問題があれば、最も連絡が取りづらくなる時間帯を狙《ねら》って再度呼集をかけろ。必要ならば連日であろうと、一日に何度かけようと構わん」

陸上自衛隊の特殊部隊である特戦群には、海上自衛隊の特殊部隊である特警隊と、まるで違う空気が流れていた。

マレーシア空港で殺害事件が発生してから2日が経過した。

広島の江田島では、夜間射撃訓練のために日没を待っていた藤井の携帯電話が振動し始めた。「通知不可能」と表示されている。海外からと判断した藤井は急いで電話に出た。

「イエス」

聞こえて来たのは、日本語だった。

「もしもし、藤井さん、ご無沙汰《ぶさた》しています。岩倉富士子《いわくらふじこ》です」

「おぉ、久しぶり。ニューヨーク？」

岩倉はアメリカの情報会社のエージェントで、藤井とは15年以上の付き合いがある。父親が商社マンで、彼女は生まれてすぐインドのボンベイ（ムンバイ）、レバノンのベイルート、ギリシャのアテネ、アメリカのヒューストンと転々とし、17歳でパナマに渡った。当時通っていたアメリカン・スクールが米軍基地内にあり、そこで、パナマ運河通峡前の事前調整で立ち寄った藤井と出会った。

高校卒業後はいったん帰国し、上智大学の比較文化学部に入学した。卒業後は再び海外に住み、英語、日本語、スペイン語を駆使して、アメリカ、イギリス、スペインの情報会社やＰＭＣ（民間軍事会社）を渡り歩いている。ＰＭＣと言えば、戦闘のアウトソーシングというイメージが先に立ち、元特殊部隊員の職場と思われがちだが、多くの人材は情報部門に配置されており、そこには女性も多い。高額な給料で優秀な人材を確保しており、報酬次第ではどんなことでもすると噂《うわさ》されている。

岩倉は、藤井より6歳年下だが、年収はおそらく藤井の3倍はあるはずだ。聡明《そうめい》そうで端正な顔立ちに加え、身長も170センチ近くあり、いかにもキャリア・ウーマンという雰囲気である。

電話口の岩倉は、一方的に通信の方法を話し始めた。

「エシュロンのサーチングに引っかかってしまうキーワードは、メールで遠回しに日本語を使って説明します」

エシュロンとは、米国を中心に稼動《かどう》している音声データの傍受システムである。世界中で飛び交っている音声通信のほとんどを傍受し、その中からスーパー・コンピューターに登録してあるキーワードが含まれる音声を選別して盗聴する。

「普通の日本語でキーワードを送ると、今度はプリズムのサーチングに引っかかってしまいますので、ひらがなを使わずに漢字の音読みで送ります。万葉仮名みたいな感じになりますけど」

プリズムは、エドワード・スノーデンの告発により有名になった、米国を中心に稼動している文字通信の情報収集システムである。

「そんなキナ臭い話はしないよ」

「はい、念のためです。メールは今送りました。15分後にまたお電話します」

藤井は岩倉の相変わらずなやり方に苦笑したが、傍受に対する強い懸念《けねん》と配慮は安心だし、そこまでして連絡を試みる彼女の目的に興味を持った。そもそも藤井は岩倉に頼まれたことを断ったことはなかった。それは明らかに好意を持っているからで、それを察している岩倉は、距離を上手にとりながら、藤井の力を活用していた。

届いたメールは、文字化けしたのかと思うような漢字だらけのものだった。苦労して読んでみると、キーワードはどれも藤井とは無縁な単語ばかりだった。きっちり15分後には再び藤井の携帯電話が振動し、「通知不可能」が表示された。

「読めましたか？」

「読んだけど、ほとんど経済用語じゃん。俺には関係ないよ」

「ええ。エシュロンは、国際経済の主導権を握るために作られたシステムですから。ただ、万に一つでも、我々の会話にキーワードが入っていたら、そこで私のキャリアも藤井さんの今後も終わってしまいます。警戒しすぎるということはありません。

お伺いしたいのは、マレーシアの事件です。もう数名がマレーシア政府に拘束されていますし、北朝鮮の工作員が空港にいたなどの情報が流れていますが、藤井さんは、報道の通り、北朝鮮の国家犯罪だと思いますか？」

「知らんよ。俺は、捜査なんかしたことないからね。犯人捜しに興味はない」

「それはわかっていて伺っています」

「富士子、マナー違反だよ。まず、なぜ俺に訊《き》くのかを言うのが先だろ。それから、何のために訊いているのかだ。親しき仲にも礼儀ありだろ」

普通の日本人ならもっと丁寧に、オブラートに包んで質問するが、海外で育ち、国際舞台でキャリアを重ねている岩倉にそんな習慣はなく、遠慮なく必要事項だけを訊いてくる。藤井もその方が肌に合っている。が、今回の岩倉の電話は、あまりにも礼を欠いていた。

「そうね、ごめんなさい。私のクライアントは投資家です。でも、儲《もう》けるというよりゲームを楽しむ感じに近いの。今回の殺害事件も、どこかの国が起こす大きな事件の前兆と読んでいて、仕掛けている国と仕掛けられている国を知りたがっているの。その情報を買って、大金を投資するのよ。そのために私から情報を高く買ってくれるわけ」

「そんで、どうして捜査と関係のない俺に訊くんだ？」

「こういう時に捜査関係者から情報は取らないわ。だって意味がない。彼らの考え方はインダクティブ・アプローチ、帰納法なのよね。わかった事実から結論を出そうとする」

「難しい日本語知ってるね」

「ありがとう。探っているのは国家犯罪、国のトップ・エリートが考え抜いたシナリオよ。判明していることから、裏の策略が見えてくるはずがない。絶対、完全にカモフラージュしているからね」

「で、俺なのか」

「そうよ。作戦をプランニングする感性を持っている人の意見を聞きたいの。あなたはディダクティブ・アプローチで考えるはず」

「演繹《えんえき》法か。確かにな、殺害事件を計画した者の頭になろうとするね。まあ、偵察行動の基本中の基本だけどね。いいよ、わかった。ニュースを見て、誰が主犯なのかを自分なりに考えりゃいいって話だよな。ならば、守秘義務も関係ない。富士子が持っている情報を全部送ってくれ。各国で報道された記事全部、動画もだ。スペイン語は困るけど、英語ならそのままでいい。24時間後に電話をくれ。それまでに答えを出す」

「OK」

用事が済むと、岩倉の方からすぐに電話を切った。

「隊長、本日の午前は各小隊の訓練計画を変更し、先日発生したマレーシアでの殺人事件を使いまして、偵察結果の分析に関するケース・スタディーを合同で実施しようと思います」

当日のスケジュールを最終確認する会議の場で、藤井は久遠に訓練内容を変更する許可をとった。この会議には、特警隊の幹部全員と3つの小隊のチーフ（下士官のトップ）が参加していた。

会議の行われる作戦室は、正面のラージ・スクリーンの前に馬蹄形《ばていけい》のテーブルが置かれ、そこに幹部が座る。右から第1小隊長、第2小隊長、第3小隊長の藤井、ちょうど中央に隊長、左隣に副長、運用班長、支援班長の順だ。3人の小隊長の後ろには、メモ台付きの折り畳み椅子《いす》に各小隊のチーフが座る。

「そうか。今日はまあ、いいだろう。ただ、お前の思いつきで振り回すんじゃない。各小隊とも年間の計画に基づいて、月間計画を立てて、今日の訓練予定になっているんだからな」

「ありがとうございます。臨機応変、杓子定規《しゃくしじょうぎ》、上手に使い分けようと思います」

会議が終わり、小隊事務室へ向かう藤井にチーフの黒沼が追いつき、苦言を呈した。

「どうして、ああいうことを言っちゃうんですか。魚釣島の山頂でお話ししたじゃないですか。また印象が悪くなりましたよ。『ありがとうございます』だけでいいんです。思いつきの四文字熟語を並べちゃいけません。嫌味を言ったって何も変わらないんですから……」

「わかったよ。気ぃつけますよ」

それからしばらくして同じ作戦室に、全小隊員が集まった。クアラルンプール空港の監視カメラが捉えた実行犯とされる女性二人の動画や、監視役といわれる4人の写真がスクリーンに映し出された。すべての映像を流し終えると、藤井がしゃべり出した。

「いいか、俺たちは、警察でも野次馬でもねえ。だから捜査するわけでもなけりゃ、興味本位で探るわけでもない。軍事作戦のケース・スタディーとして扱う。今流れた情報が偵察結果だとして、実行計画を作ったのは誰なのか。そして、そいつの真の目的は何かを分析しろ。

言っておくが、まず情報の半分は真実ではない。偵察報告なんてのは、おっかなびっくり行って見て来た結果だ。全部正しいはずがない。第一、敵は偽装するし、必ず裏がある。あんまり好きじゃねえが、孫子とかいう大昔のチャイニーズでさえ言ってるよ、『兵は詭道《きどう》なり、故《ゆえ》に能にして之《これ》に不能を示し、用にして之に不用を示し、近きにして之に遠きを示し、遠きにして之に近きを示す』」

藤井は、珍しく孫子を引用した。

「〝いくさ〟ごとの基本は敵をだますってことだ。いっぱい食わされないためには、情報を見分けて、真実だけを見つめる必要がある。作戦の原案は一人の人間が考えるのが常だ。だから、そいつが何をしたいのか、何に不安を感じていて、何を侮《あなど》っているのかを読む。そうすれば必ず一本の筋が見えてくる。そいつの腹が見えてくる。こいつが見えて初めて偵察行動は完了となる」

藤井は、作戦室内の全小隊員を改めて見回し、こう命じた。

「11・00（ヒトヒトマルマル）、今から2時間後に、俺が10人を指名する。指名された者は自分の考察結果を発表しろ。一人の持ち時間は5分。発表する内容は、この作戦を立案した者は誰か、そいつの真の目的は何か、そして、そう判断した理由だ。かかれ」

きっかり24時間後、国際電話がかかってきた。

「富士子です」

「まず思考過程から説明する。最初に考えなきゃならないのは、液体を顔につけたとかいうベトナム国籍とインドネシア国籍の木っ端《こっぱ》な女のことかではなく、作戦で多くのものを得た組織と、何かを失った組織のことだ。普通は得た奴が仕掛け、失った奴が仕掛けられている。返り討ちで逆になることもあるけど、世の中そんなドラマチックなことは、なかなか起きないよ。結論を言うと、多くのものを失った国は北朝鮮で、得た国はアメリカ」

「やっぱり、そっちですか」

「やっぱり？　そう思ってたということ？」

「いえいえ、私ではなくて、他の筋からもそういう声が上がっているんです。アメリカは、北朝鮮が間もなく核弾頭搭載ミサイルを完成させそうなので、その前に北朝鮮を潰《つぶ》そうとしている。そのための国際世論作りとして、総書記の異母兄を北朝鮮の仕業に見せかけて殺害したというのです」

「なるほどね。そこまでは、事情通を気取る奴とか、情報通とか自分で言っちゃう奴なら考えるのかな……。これは、バックに国家があって行われていることなんだから、もっと複雑だしドロドロしてるよ」

「もっと複雑ってことは、アメリカじゃないんですか？」

「俺らが立てる作戦だって、第一次陽動かけて、第二次陽動をかけて、それから本当に潰したい目標を攻撃するよ」

「えっ、一次陽動に引っかかった人は、北朝鮮はとんでもない国だと思う。二次陽動に引っかかった人は、それを仕組んだアメリカは、そこまでして国際世論を操作する恐ろしい国だと思う。実は、どっかの国が北朝鮮とアメリカを悪者にしたかったということ？」

「そんなところだね。うちの隊員に考えさせてみたけど、ほとんどがそう考えてた。ただ、どこの国が何のためにかまでは見えない。これはスーパー・エリートの立てる作戦だ。俺たち兵隊のおつむでは、解明できない」

「それが結論ですか」

「そう。第一次陽動のカラクリを話すから、それでなんとか商売してよ」

「お気遣いありがとうございます」

「捕まってる女二人は典型的なラビット。引きつけ役だね。相手をキル・ポイントに引き込むための道具でしかない。真の実行犯は医務室にいたはず」

「密室になるから？」

「それもある。けど、最大のメリットは、対象者が、医務室で白衣を着て出てくる暗殺者のことを、痛みを和らげてくれる人だと思ってすがってくることだよね。だから言いなりになる。これ以上、楽なシチュエーションはないよね。富士子でも暗殺できるよ。たとえば、ナースになって空気注射を打つとかね」

岩倉は、確かにと頷《うなず》いた。

「あと、監視カメラの映像だって不自然だろ。一番高い値がつくのは、あの二人が飛びかかるシーンと、医務室に座っていた本人が椅子から崩れ落ちていくシーンなのに、流れたのは飛びかかるのだけ。医務室の方は、座った映像はあったのに、崩れ落ちる場面が飛ばされて、いきなり腹を出して倒れている静止画になった。実際は、椅子から崩れ落ちなかったんだよ」

「十分です。その話でもクライアントは喜びます。お礼をしなければならないんだけど、どうしましょう」

「いいよ。要らないよ。今度、ビールでも奢《おご》ってよ」

「OK」

藤井は電話を切ろうとした。

「あっ、そうそう。ここ1年以内に米軍の特殊部隊員と江田島で共同訓練をしました？」

「いや。なんで？」

「ある特殊部隊員が、Ｊ－ＳＥＡＬｓ《ジェイ・シールズ》、藤井さんの部隊のことをすごく褒めていたらしいの。戦術も技量も信じられないほど高いって。日本の島で一緒になったと言ってたそうなんだけど……」

「島？　沖縄かな。意外に思うかもしれないけど、アメリカの特殊部隊から学ぶものってあんまりないんだよね、だから国内での共同訓練には若い奴を行かしてるんで。なんぼ奴らでも、うちの若い衆に感心することはないと思うけどね」

「日本に行って藤井さんの部隊と接触するのを楽しみにしていたとも聞いたのですけど、最近、アメリカの特殊部隊の人が来ましたか？」

「富士子。そこから先は答えられない。訊くのもルール違反だ。この世界の礼儀を知らないわけはないだろ」

「ごめんなさい。気になる話があったものですから。米国軍人がＭＡＣ《マック》（ミリタリー・エアー・カーゴ：米軍機輸送）フライで日本に行った場合、米国からの出国記録も日本への入国記録も残らないわよね。合衆国の米軍基地には自分の身分証明書で入り、日本の米軍基地からも同じ身分証明書で出られるでしょ」

「そもそも米軍は、基地を出て行く人の身分証明なんか見ないよ」

「まあ、日本の入国管理局を通らずに日本に入れるわけですよね。入国した記録が残らないのよね。そして日本で、日本の偽造パスポートを受け取り、マレーシアに日本人として入国して一仕事をこなし、日本の米軍基地に戻る。帰りも軍用機で合衆国に帰る。できるでしょ？」

「できる」

「日本人みたいな顔をしている米軍の特殊部隊員ならいくらでもいるもの」

「富士子、本当は掴《つか》んでるんだろ。米軍の特殊部隊員が日本経由でマレーシアに入国した情報を持ってるんだな。そいつは俺たちと、どこかの島で顔を合わせた過去があるんだな。つまり、今度の殺害事件の首謀者を俺が知っているか確認したくて連絡してきたんだろ？」

「……まあ、そんな感じです」

「もう一度言うけど、富士子、それはルール違反だ。米兵のレベルは世界屈指の低さだと思っている。しかしな、不器用だけどハートとガッツのある田舎ザムライみたいな米兵のことは好きで、大切にしている友だちも、特殊部隊に限らず何人もいる。しやべるわけないだろ」

「わかりました。ごめんなさい。ところで、米兵はレベルが低いんですか？　米軍は世界最強なのかと思っていました。人の能力と軍隊の強さは関係ないってことなのかしら？」

「米軍は世界最強だよ。でも、最強の理由はふたつある。圧倒的な軍事予算と組織力だよ。レベルの高くない人間10人で、ちゃんと10の力を発揮する組織を作る能力で、あの国は世界に君臨している。日本は逆。レベルの高い人間が山ほどいるのに、10人集まっても6の力しか出せない」

「よくわかるわ。確かにあの国の最も得意とするところですね。しっかりと資金を投入してシステマティックに合理的に組織を作り、当たり前のことを当たり前にやる。そして、当たり前の結果を出し、投入した資金を何倍にもして回収する……」

　その後、マレーシア警察は、ベトナム国籍とインドネシア国籍の女性を逮捕し殺人罪で起訴、遺体からVXガスが検出されたと発表した。しかし、真相は藪《やぶ》の中である。世界中のほとんどの人は、確たる証拠も知らされないまま、北朝鮮による国家的な殺人事件だと思い込んでいる。

同事件から2週間経《た》った3月1日、米韓両軍は北朝鮮の脅威に備えた野外機動訓練「フォール・イーグル」を開始した。訓練は2ヶ月間も行われ、約30万人の米韓軍人が参加、原子力空母や最新鋭ステルス戦闘機なども投入された。

マスコミやネットでは、軍事ジャーナリストと称する連中が「場合によっては」「可能性が高まった」「ささやかれている」といった曖昧《あいまい》な表現で危機感を煽《あお》った。ステルス爆撃機B－2「スピリット」やステルス戦闘機F－22「ラプター」がピョンヤンに飛来する、北朝鮮総書記斬首《ざんしゅ》作戦を最強の特殊部隊ネイビー・シールズに実行させようとしている、など具体的な話をする者もいた。

韓国を代表する通信社「聯合ニュース」は、「韓国軍関係者の推定」という表現で、北朝鮮が40種近い生物兵器を保有し、2500～5000トン近い化学兵器を貯蔵していると報道した。シリア政府軍に化学兵器を輸出し、拡散に加担しているとも伝えた。

北朝鮮のミサイル実験のニュースがほぼ毎週報じられ、その度に総書記の笑顔の映像が流れると、世界規模で北朝鮮への不信感や不安感が醸成されていった。

マレーシアでの殺害事件から5ヶ月ほど過ぎた7月20日、天気予報では一晩中の大雨が予想されていた。悪天候下での訓練を常としている特別警備隊の第3小隊は夜間高速山地機動を予定していたが、気まぐれな高気圧によって前線が北に押し上げられ、快晴になったために訓練を延期した。

ひさしぶりに自由行動の夜となった。数少ない家族団欒《だんらん》の時間を楽しむ隊員も多いのだが、妻子持ちなのに家に帰らず、仲間とハメを外そうという者も少なくない。藤井たちが正にそれで、彼らは江田島にある行きつけの居酒屋で飲むことになった。

「あっ毎度！　しばらくぶりじゃない？　何名さん？」

最初に店に入った風元順也《かぜもとじゅんや》が「5人、生ビールの中を10杯、とりあえず」と言うと、店員が「相変わらず、一人2杯ね。いつもの奥の座敷にどうぞ」と彼らを迎えた。

居酒屋の店員も店長も、藤井たちに立ち入った質問をしたことはない。だが、海上自衛隊のどのような部隊に所属しているか、尋ねるまでもなく知っているようだ。

対テロ部隊は報復を警戒し、隊員の名前も顔も公表しない。私生活でも自分たちの正体がわからないよう気を遣ってはいる。どんなに暑くても身体《からだ》の線が出るようなTシャツ1枚での外出は避けていたし、目立たぬようにしていた。けれども、格闘訓練に割く時間が長いために顔の横幅と変わらぬ首の太さは隠しようがなかったし、手や顔に傷が多いのも明らかだった。そして何より、食べる量と飲む量が尋常ではないので、居酒屋では嫌でも目についた。

5人が座敷のテーブルに着いて1分も経たないうちに、店員が生ビールを10杯運んできた。全員が無言のままジョッキを手にし、割れるほどに激しくぶつけ合って、一気に飲み干した。そして、空いたジョッキをテーブルにドンと置き、次のジョッキの取っ手を掴む。今度は小さな声で「お疲れでした」と言いながらカチリとジョッキを合わせ、半分くらい飲み干してからようやく一息ついた。これが彼らの作法なのである。

風元はメニューを凝視していたが、ふと顔を上げると大きな声で宣言した。

「はいっ、今から無礼講！　先輩、後輩なし！」

チーフの黒沼が子供を諭すかのごとく風元に「常識」を教えた。

「順ちゃん。そういうのはな、一番上の人がみんなに向かって『俺に気を遣わずに楽しめ！』っていう時に言うんだよ。いつも誰にも気を遣ってない順ちゃんが使う言葉じゃないんだよ」

風元はふんふんと頷きながらも、意識はメニューの方に集中させていた。黒沼が話し終わるとすぐに店員を呼び、注文をし始めた。

「鶏《とり》ささみのショウガ焼き、レバー炒《いた》め、アジの南蛮漬け、サンマ塩焼き3匹、五目焼きそば、あとグリーンサラダ5人前ね。はい、みんなもどうぞ」

風元順也（2曹・34歳）、171センチ、80キロ。1期生で、特警隊一の大食漢として知られている。何事も理屈より感性で行動する動物的なタイプで、レスリングのオリンピック選手だった過去も持つ。新しい武器の取り扱いなど、言語野を使う物事の飲み込みには時間がかかるが、感性のレベルで理解できれば桁外《けたはず》れの身体能力と動物的な勘の相乗効果でずば抜けた戦闘能力を発揮する。風元がメニューを渡すと、隣の浅海《あさみ》大介《だいすけ》も自分の注文をどんどんしていった。

「はいっ、じゃあ、俺も兄ぃ（風元のこと）と同じレバー炒めとサンマ塩焼き3匹とトマト・スライスと……」

浅海大介（3曹・27歳）、183センチ、77キロ。割と小柄な者が多い特警隊では、珍しく背が高い。風元を兄のように慕う1期生の若手だ。だが、性格は偏屈で、生意気な態度を平気でとる。自分の納得いく隊員以外とはろくに口をきこうとしない我の強さだ。ただ、それには理由がないではない。理解力と実行力が高く、頭で理屈を理解できれば、すぐに自分の身体で再現できる。

注文を書き留める店員の手が急に止まって、困り顔で浅海に言った。

「あのう、トマト・スライスはやってないんですが……」

確かに、メニューには載っていない。

「そんなもん切って出しゃいいだけじゃないか。トマトあるんだろ、包丁あるんだろ、小学生でも作れるだろ？」

チーフ黒沼が制した。

「止《や》めんか浅海、それとなあ、サンマを3匹も一人で食うな」

「いえ、私にとっても、兄ぃにとっても、サンマは大きめのシシャモですから」

黒沼栄一（曹長・37歳）、170センチ、80キロ。藤井が小隊長をしている第3小隊のチーフであり、藤井の右腕である。特警隊の中のただ一人の常識人だ。体型は、風元と同じがっしりとした筋肉質で、腕相撲で西日本チャンピオンだった経歴がある。尖閣《せんかく》諸島魚釣島へ行ったメンバーである。

風元は別格として、特警隊の全員が大食漢ではある。しかし、彼らはただの大食いではない。日常の運動量に比例して消費エネルギーを補うためにおのずと量を食べるが、何をどんなバランスで摂取すべきかについて、実はとても気を遣っていた。小腹が空《す》いたからといってカップ・ラーメンやコンビニのおにぎりを食べるようなことは決してしない。「この部隊でまず覚えなければならないのは、自分の身体の育て方だ」という藤井の教えを忠実に守っている。この時に風元が注文した料理も、量はともかく、タンパク質、炭水化物、脂質、ビタミン、ミネラルのバランスが実によくとれていた。

　藤井は、嵐としゃべっていた。

「嫁さんは、相変わらずムエタイやってんのか？」

「はい。今度タイに行きたいとか言ってんすけど、最近元気ないんすよ」

「どうした？」

「チロルの体調が悪くてね。まあ、寿命なんだけどさ」

「チロルって、嫁さんの実家のあの犬？　こないだ元気だったじゃん」

「最近急にのう……」

「アグレッサーのコールサインが泣くよ。お前まで元気ねえじゃん。嫁さんの実家の犬が元気ないと、お前まで元気ねえのか」

「関係ねえよ。俺は普通だよ」

　嵐康弘（2曹・33歳）、175センチ、70キロ。性格は粗暴で、どこから見ても、いくつになっても元不良という雰囲気である。しかし、風貌《ふうぼう》に似合わず家族思いで、頭脳明晰《めいせき》、作戦立案時は、藤井の知恵袋になる。

　そんな飲み会が始まってしばらくすると、藤井の携帯電話が振動した。「天道剣一」

と表示されている。陸上自衛隊の特殊部隊「特殊作戦群」の群長である。思わず笑みをもらしながら、藤井は電話をとった。

「ご無沙汰してます。藤井です」

「あのさ、明後日《あさって》から、うちに遊びに来ない？　活《い》きのいいの4、5人連れてさぁ」

秋田弁のイントネーションが抜けない天道の声が聞こえてきた。

「明後日に習志野ですか。結構っていうか、かなり急ですね。えー、なんとかします。行きます」

「あ、そう。じゃあ」

「ちょっ、ちょっ、ちょっ、何があるんですか？」

天道がさっさと電話を切ろうとするので、藤井はやや慌《あわ》てて話を続けた。

「ん？　いろいろ、いろいろいろあるな」

「いろいろ……。いろいろですか、わかりました。フル装備で行きます」

「あ、弾はいらないよ。うちのを使えよ」

黒沼、嵐、風元、浅海は、自分たちの小隊長が誰と話しているのかがわかった。藤井が少しはにかんだイタズラ小僧のような表情になったからだ。こんな顔つきになるのは、天道と話をしている時以外はない。とはいえ、天道が藤井の個人携帯に電話をして、協同訓練の調整をしていること自体が異例である。本来であれば、陸上自衛隊特殊作戦群長より、陸上幕僚監部を通じ、海上幕僚監部に話があって、そこからいくつかの組織を通じて、特別警備隊長に話が来るべきことだ。藤井は、協同訓練の必要性や有効性を特別警備隊長に事前に説明し、特殊部隊の指揮官同士が直接調整をする形をとっていた。この天道と藤井の人間関係によって、組織の規律を飛び越えて陸海ふたつの特殊部隊は、お互いの得意分野を分かち合い、苦手分野を補い合って戦闘能力を高めてきた。

2日後、飲み会のメンバーと同じ藤井たち第3小隊員の5人は、協同訓練の名目で朝6時に出発し、山陽自動車道を東に走り、第1空挺団《くうていだん》のパラシュート降下で有名な千葉県習志野駐屯地へ向かった。夕方、駐屯地内の特殊作戦群の敷地に到着した。藤井だけが、天道に挨拶《あいさつ》をするために群長室へ向かった。

「群長、特警の方が来られました」

「通せ」

「藤井3佐入ります」

「おう、着いたか。何人連れて来たんだ」

「あと4人来てます」

「あ、そう。連れて来いよ」

「えっ、群長室にですか。一人が曹長で、あとは2曹と3曹です」

「いいよ。全部、連れて来いよ」

「いやぁ、2曹と3曹はだいぶ変なんですよ。野良犬《のらいぬ》みたいな奴らで行儀がですね……」

「いい、連れて来い。見せたいものがあんだよ」

「は、はい」

5人が群長室に入りソファに座ると、天道は鍵《かぎ》付きロッカーから金属製の箱を取り出し、重そうに運んできて応接セットのテーブルに置いた。藤井以外は、天道と会うのは初めてだった。天道は、中肉中背で眼光は鋭いが、態度は誰に対してもフランクで、1佐（大佐）という階級をまったく感じさせなかった。

「藤井、開けてみろ」

藤井がゆっくりと金属製の箱のふたを開けると、そこには大量のナイフが入っていた。

5人の顔色は途端に明るくなり、「ワッ」と小さな歓声をあげた。それもそのはずで、箱の中の品はどれもがカスタム・ナイフだった。職人が一本一本グラインダーをかけて作ったナイフや、有名な刀匠の作品ばかりがずらりと並んでいた。

「どうだぁ。いいだろう！」

いつもは無表情な天道が飛び切りの笑顔を見せた。45歳の1佐というより、やんちゃな小学生のようだった。

真っ先にナイフを手にとったのは嵐だった。

「なんすかこれ。ウォーレン・トーマスですよね。えっ、カランビットなんて作ってんすか」

ウォーレン・トーマスとはアメリカのナイフ職人で、カランビットとは鎌《かま》のような形をしたインドネシアのナイフだった。

「何で、エンピがあるんすか？」

一番年下の浅海が、全長50センチ程度しかない小ぶりの刃付きシャベルを手に取った。

「海軍さんでもエンピって言うんだ？　陸軍用語かと思ってたよ。刃が付いてるから気をつけろよ。スペツナズ（ロシアの特殊部隊）が使うんで有名だけど、使えるよ。素朴だけど、かなり厄介な武器だな。十字槍と同じような使い方をするんだ」

天道は、浅海からシャベルを取り上げると、身振り手振りで説明しだした。

「切る、突く、までは普通なんだけどな、シャベルの踏みつけるところな、ここを相手に引っかけて引き寄せて、この柄の部分で……」

初対面である浅海の首筋、頸動脈《けいどうみゃく》の部分に刃を当て、切る仕草をすると、すぐに心臓を突き、寸止めした。さらに、シャベルの踏みつける部分を後頭部に当てて、浅海を一気に引き寄せた。

６人で天道のおもちゃ箱を囲んで１時間ほど騒いだ頃、ふと藤井が我に返って、今後のスケジュールを聞いた。

「ところで、明日はどうなってるんですか」

「おお、明日な。訓練は07：00（マルナナ）から19：00（ヒトキュウ）まで、昼飯なしのぶっ通しでやる。ＥＭｏＥ（爆破により突入口を作る）からの突入・掃討だ。50回爆破突入させる。外からお客さん（海外の特殊部隊）も来てるんで仲良くな」

「外の客人は何人ですか？」

「３人ずつだな」

「ずつ？」

ソファにゆったり座っていた藤井が、膝《ひざ》の上に肘《ひじ》を乗せて前のめりになった。

「それって、グリーン・ベレーとシールズですか？」

「ま、そんな感じ」

「そんな感じって……。空挺団長も陸幕も知らないんでしょ」

「知らないんじゃないかな」

「いつ企画したんですか」

「いや、一昨日《おととい》あんたに電話する直前だ。あいつらから急に言ってきたんだよ。日本に行くから、遊ばないかってな」

藤井は、さらに腰を浮かせて浅く座り直し、天道に近づいた。

「へぇえ。3人ずつで海外に展開するって何でしょう？ 珍しくないですか」

「エイジアン・シックスって知らない？ 東洋系の特殊部隊員で作られてるエリート・チーム」

「えっ、セブンじゃないんですか？ エイジアンはもちろん知っていますけど」

「去年の夏だったかなあ、一人減ってシックスになったんだよな」

「じゃあシールズの方が減って、どっちも3人になったんですね」

「そうそう。まあ日系、韓国系、中国系だけど、全然見分けはつかないな」

翌7月23日の午前7時ちょうどに、轟音《ごうおん》と共に扉が爆破され、突入訓練が開始された。

午前中はそれぞれ本来のチームで突入が行われ、午後は日米の陸海軍特殊部隊員による即席混成チームで突入した。30分延長して19時30分、ようやく50回の規定回数を終えて初日の訓練が終了した。

さすがの日米の特殊部隊員も、ぐったりとしていた。薄暗い特殊作戦群の廊下にへたり込んで、目をうつろに開けたり閉じたりしながら、仕出し弁当を食べていた。13時間ぶりに口に入れる液体と固体だが、味わう余力は残っていない。

黒沼は、エイジアン・シックスの隊員が食べようとしない鯖《さば》と自分の鶏の唐揚げを交換してやっていた。それを見た嵐と風元も交換してやった。黒沼が鯖をほおばりながら言った。

「イギリスの連中は、特殊部隊員の意地なんだろうな、出されたもの全部食べたけど、さすがアメリカ人だ。魚は食べられないんだな……。ひ弱さは感じるけど、素直で付き合いやすいよな。俺はこいつら好きだね」

浅海が、仲間のエイジアン・シックスからガンビー（俗語でドジという意味）と呼ばれている弄《いじ》られキャラの若い隊員に、一番好きな食べものを訊いていた。

ガンビーは、食べ物の話になると急に元気になって、早口でしゃべり始めた。

「スタッド、こいつ、なんて言ってんですか？」

早すぎて英語がわからない浅海が、黒沼に訊いた。

「コービー・ステイクを食べるのが夢らしいよ」

「何ですか、それ？」

「神戸牛のステーキを食ってみたいんだってよ」

口の悪い嵐が、浅海に入れ知恵した。

「ギャング、明日、俺が食わしてやるって言っとけ。どうせわかりゃせんのじゃけぇ、鯨の大和煮でも食わせちゃるわい」

神戸牛を食べられると信じたガンビーは、満面の笑みを浮かべていた。

不思議なもので、一緒に突入訓練をしたことより、車座になって仕出し弁当を食べることによって、両国の特殊部隊員の仲間意識は高まった。

だが、突然、耳をつんざくような激しい爆発音がし、全員が弁当を持ったままその場に伏せた。一瞬の爆発音はすぐに壁の塗膜が剝《は》がれ落ちる音に変わった。藤井は目の前にあった廊下の電気のスイッチを素早く切り、黒沼に指示を出した。

「スタッド（黒沼）、戦闘準備！ アクチャル（実戦）だ。今ここを潰されたら、日本の戦闘力は半分以下になる」

「今回は弾を持って来てないんです。道具（銃）はありますが、弾はここのを借りてますので、今はありません」

「銃は敵のを奪え。それまでは刃物で勝負だ」

10秒程度の静寂を経て、黒沼が言った。

「襲撃にしては小規模すぎませんか？　ここには特殊部隊が4チームいるんですよ。来るなら一気に来るでしょ」

「確かにな。他のフロアを確認しろ。スカウト（斥候《せっこう》）を出せ」

黒沼は嵐と颪元の方を見ると、左の人差し指で天井を指し、右の人差し指と中指を開いて自分の左右の瞼《まぶた》を軽く押さえた。偵察をして来いという意味である。二人は頷いて銃を置き、左の脇《わき》の下からマシェットという刃渡り50センチほどの草などをなぎ払う作業用の山刀を出して、静かに階段を踏み上がった。

藤井は、目を白黒させているエイジアン・シックスに、偵察に行かせたことを英語で説明した。

二人は、30秒も経たないうちに階段を駆《か》け降りてきた。

「襲撃じゃない、事故だ。2フロア上で、訓練用閃光《せんこう》発音筒と実弾を間違えたらしい。

S（特殊作戦群の略称）の隊員が大怪我《おおけが》しとる。ものすごい出血じゃ」

藤井が嵐に訊いた。

「俺たちにできることはあるか？」

「人は多すぎるくらいおったし……ないな」

「そうか。さっさと飯を食え。食い終わったら上に行って、何かしら交代してやれ。今、現場に人が増えるとかえって混乱するだけだ」

藤井が状況をエイジアン・シックスに伝えると、みんなで再び弁当を食べ始めた。

浅海が黒沼に訊いた。

「明日はどうなるんすかね？」

「爆発事故だからな。今から千葉県警が来て、現場検証をやるはずだ。それから警務隊（自衛隊の警察）が来て大騒ぎだろうな。書類点検だけだって大変だ。爆発物の保管要領はどう定められていたか、その通り保管していたか、保管点検日誌は正しく記入されているか、爆発物の取り扱い方法はどう定められていたか、爆発物の取り扱いに関する教育は……」

「面倒くせえ」

「1ヶ月は書類上の不備のチェックで、重箱の隅を突つき回すだろう。それから再発防止策だよ。爆発物管理の教育の頻度を高め、管理をより厳正にして、どんどん使いづらくする。でも、その心配より、まずは俺たちと外からの客人をこっそり施設の外に出さなきゃならないだろ。いつでもすぐに出られるよう荷物をパックしておけ。誰もが混乱してる。今すぐこのトラックに乗れって話になるぞ、きっと」

当然のことながら、爆発事故は群長室にいた天道も音ですぐに気づいた。部屋を飛び出して確認したい衝動を抑えて、ジッと群長室で報告を待った。

事故発生から5分、ようやく詳細な報告を受けた天道は、静かに言った。

「すべて俺が知っていたことにしろ。すべて俺が指示したことにしろ。責任が俺に集中するようにするんだ。必要なら、さかのぼって文書を作成しろ」

深夜0時過ぎ、群長室に藤井、グリーン・ベレーとネイビー・シールズの指揮官が集められた。3人が揃《そろ》って部屋に入ると、天道は腕を組み、目をつぶったまま上を向いてソファに座っていた。

「群長、揃いましたけど……」

といいながら、藤井と二人の指揮官は、天道の正面に座った。

「ああ」

天道は生返事をして、そのまま身動きしない。

1分ほど経過した頃、独り言のように指示を出した。

「藤井、明日07:00(マルナナマルマル)、予定通り爆破突入をやる」

「はい……」

藤井は返事をしてから腕を組み、眉間《みけん》に皺《しわ》を寄せて真下を向いた。

「訓練は予定通りだ。二人に説明しろ」

「そう言われるんじゃないかとは思っていましたが、止《や》めた方がいいと思います」

「やる」

「いや、止めた方がいいです」

「やるから、そこの二人に説明しろ」

天道と藤井のやりとりを怪訝《けげん》な顔で見ていた二人に、藤井が英語で説明した。二人は天道に聞こえないような小さな声で同時に言った。

「ワット? ノー・ウェイ、ノー・ウェイ」

「群長、二人揃って、あり得ないって言ってます」

「勘違いするな。確かに事故はあった。しかし、それは訓練後に起きたんだ。後方支援員が訓練用閃光発音筒と実弾を間違えて事故は起きた。突入訓練中に起きたわけではない。訓練を実施する必要性についても何ら変わっていない。だから予定通り実施する。訳せ」

藤井は内心、「自分で説明してくれよ」と思った。天道はアメリカ留学経験もある。英語は難なく話せる。なのに、藤井に通訳をさせるのは、余計なことに頭を使いたくないからか。

藤井の説明が終わると、またもや二人は申し合わせたように、同じ仕草で同じ言葉を吐いた。軽く目をつぶり、ゆっくり首を2回横に振りながら、「ノー・ウェイ」。

「群長、止めた方がいいです。飛行機だって墜落したら、その機種はしばらく飛行停止にするじゃないですか」

しかし、天道にまったく迷いはなかった。

「それは墜落の原因がわからない場合だ。今回の事故の原因はわかっている。閃光発音筒の管理方法に問題があったんだ。再発防止策を定めるだけの話だ。無論、処分もあるだろうが、俺の管理責任の問題だ。訓練実施とは何の関係もない。俺たちは、必要性があるからここに集まって訓練をしている。必要性がなくならない限り止めない。止めてはいけないんだ。藤井、俺は意地になってるわけではないぞ。それこそ飛行機と一緒だよ」

「飛行停止になる話でしょ？」

「違う。飛行機は、今まで何度も落ちている。今後も必ず落ちる。しかし、人間は飛行機の運航を止めたか？　止めてないだろ。何がいけなかったのかを探求し、改善し、飛ばしたんだよ。挑戦し続けてきたんだよ。今からもする。我々も同じだ。特殊作戦群は明日、予定通り訓練を行う。それに参加するかしないかはお前たちの自由だ。好きにしろ。そう説明したら解散しろ」

翌日、何事もなかったかのように、日米陸海特殊部隊員は50回の爆破突入を行い、2日間の全日程を終了した。

広島へ帰る車の中で、助手席の黒沼が後ろを振り向きながら念を押していた。

「事故のことは一切しゃべるな。群長の判断は、後の教訓として大切だが、今はしゃべるな」

嵐が運転中の浅海に向かってこう言った。

「バブルスに聞かせたいのう。バブには、群長のチンポのアカを煎《せん》じて飲ませにゃいかんわ」

「チンポなら、アカというよりカスじゃないすか」

黒沼は彼らの会話にため息をついて、藤井に話しかけた。

「群長はどうなりますか。更迭《こうてつ》は免れないでしょうが、次にいったい誰があの配置に就けるかってところですよね」

「同等の仕事ができるわけはないけれど、陸幕はその気になれば誰でも持って来るよ。天道さんは防衛省を辞める気だよ。自分が辞めることで、下の者を救おうとしてる」

「そりゃ、もったいないですね」

「指揮官として当たり前の姿勢だけどな。自衛隊の指揮官なんて、『俺は聞いてない』とか『私の知らないところで部下が勝手にした』とか言う奴ばっかりだ。でもよ、俺は、今回天道さんは、おとがめなしになると思ってる」

4人は一斉に藤井を凝視した。風元がしびれを切らして、藤井に訊《き》いた。

「おとがめなしって何ですか？　それはないでしょう？」

「今は、日本に特殊部隊が根付くかどうかの瀬戸際《せとぎわ》だ。根付かせるにはどうしても、あの無茶苦茶なおっさんが必要だ。天道さんが防衛省を去れば、特戦群だけじゃねえ、特殊部隊が根付かねえんだから、残念ながら特警隊も終わる」

藤井は腕を組み、目をつぶって深呼吸を一回してから続けた。

「しかしな、そういうことにはならねえんだよ。日本に特殊部隊は必ず根付く。大丈夫だ。人にも集団にも運というものがあってな。俺たちも特戦群も、今は運を摑んでる。きっと何かが起こり、あの人はこのままあそこに残らなければならなくなる。俺は占い師じゃねえが、運の流れがどこにあって、どこに向かっているのかはわかる……」

藤井が押し黙ると、黒沼がまとめた。

「わかりました。いいな、とにかく他言無用だ」

特別警備隊では、在隊中に結婚する隊員が多い。それは、20代から30代の隊員比率が高いからである。仕事内容に関してはデリケートなので、彼らは自分の仕事がどんなものか、新婦の両親に説明しにくい。そのため藤井が隊員と一緒に先方に出向き、説明をすることがしばしばあった。

習志野の事故から2週間ほど後に結婚した浅海もそうだった。上長の藤井の他、第3小隊員の黒沼、風元、嵐は友人として、呉《くれ》市内のホテルで行われた披露宴に参加していた。8脚の椅子《いす》がある大きな丸テーブルの半分に藤井たち、もう半分に新婦の友人たちであった。

披露宴も半ばに近づいた頃だった。藤井ら4人の携帯電話が一斉に振動した。

全員の携帯が同時にメールを受信したのである。そんなことは警急呼集の時にしかありえないし、それはそのまま出撃するということを意味する。

藤井は目をつぶって一呼吸、天を仰いでから、黒沼を見て顎《あご》をツンと突き上げた。「着信メールを確認しろ」という意味である。

黒沼は胸の内ポケットから携帯電話を取り出した。藤井も風元も嵐も軽く唇を噛《か》みながら黒沼をじっと見ていた。黒沼が藤井の目を見て軽く頷くと、視線を嵐が飲んでいたグラスに向けて言った。

「それはノンアルだな」

「おお、飲んどらんわい」

「すぐ車を回せ。正面の車寄せにがっつり停めろ。行け」

次は藤井に向かって言った。

「新郎はギリギリまで楽しませてやりましょう。車の準備が整ったら私が連れ出します」

「そうだな」

テーブルの料理を見回している風元を軽く怒鳴りつけた。

「順！　飯も酒もここまでだ。トイレで喉《のど》に指を突っ込んで全部出せ！　ほろ酔いの小隊長もそうしてください。このまま出撃でしょうから」

お色直しのため中座した新郎、新婦の二人だったが、会場からの拍手と共に再び披露宴会場のドアが開いたとき、そこに立っていたのは、泣き出しそうな顔をした新婦ただ一人だった。

着信から10分足らずのうちに、5人は車に乗っていた。

車の発進と同時に、助手席の黒沼がラジオのスイッチを入れた。5秒程度聞いては次々に周波数を変更し、FMからAMまで受信可能な放送をすべて確認したが、どこの局も緊急速報を流していない。定時のニュースでも大きな事件は報じられなかった。

黒沼が、運転手の後ろに座っている藤井を振り返りながら言った。

「報道統制されてますね」

運転しながら嵐がぶっきらぼうに返す。

「そんなこと、わかっとるわい。日本近海で、どえらいことが起こっとるんじゃ。わしら何をするんかのう。ワクワクするわ……」

基地に到着するまで、しゃべる者はいなかった。

「歴史の1ページとなる出来事が起きている。それはいったい何で、俺たちは何をするのか」

全員が無言で考えていた。

特別警備隊の施設に入るためには、門を2つ通過しなければならない。2つ目の門を入ると駐車場が広がっている。そのほとんどは隊員の車で埋まっていた。藤井たちは最後の帰隊者だった。

作戦室の馬蹄形《ばていけい》テーブルには、既に隊長の久遠、副長の山崎が席に着いていた。チーフ以下の隊員たちはテーブルの後方で小隊ごとにまとまり、メモ台付きの折り畳み椅子に座っていた。

特警隊の全隊員が一時に集まることは滅多にない。ぎっしり詰まった作戦室は、咳《せき》ひとつしても響く静寂と緊張感に包まれていた。藤井が隊長に会釈《えしやく》をして着席すると、待ち兼ねていたかのようにブリーフィングが開始された。

ライトが消え、正面のラージ・スクリーンに1枚の写真が映し出された。巨大な建造物の天井が吹っ飛び、煙が上がっている。

スクリーン前で直立している運用班長が、緊張から言葉をつかえさせながら説明を始めた。

「こ、この画像は本日《ホンヒ》8月5日の11：32（ヒトヒトサンフタ）の衛星画像です。場所は、ＮＫ（エヌケイ：北朝鮮）平壌（ヘイジョウ）になります。この建物には、さ、撮影時、トップの総書記の他、陸海空及び戦略ロケット軍の上層部、朝鮮労働党、朝鮮社会民主党のトップ・クラス、要するにエヌケイの錚々《そうそう》たるメンバーが一堂に会していたと分析されております。これが事故なのか、空爆なのか、不明ですが、非常に多くの死傷者が出ていると思われます。ち、ちなみに、朝鮮中央通信、朝鮮中央テレビ、労働新聞いずれも、報道は一切しておりません。以上です」

運用班長が話し終わると、ラージ・スクリーンに向いていた久遠は、椅子を１８０度回転させて隊員たちの方を向いた。

「言うまでもないが、この話は口外厳禁だ。官邸により厳しい情報統制がなされている。現在はここまでしかわかっていないが、今から刻々と情報が入ってくるだろう。それによって政府の方針が決まり、防衛省の行動が決まっていく。明日から毎朝、08：00（マルハチマルマル）に情報ブリーフィングを行う。当分の間、いつどんな任務が来るかわからない。緊張感を持って生活しろ。以上だ」

藤井は眉間に皺を寄せ、肘掛けに預けた右手で頬づえをついていた。隊長の久遠はさすがの藤井もこの事態に困惑しているのかと考えたが、隊員たちはみんな、藤井の表情が険しい理由が久遠の「緊張感を持って生活しろ」という言葉にあることに気づいていた。

作戦室を出て廊下を歩きながら、藤井が黒沼に伝えた。

「若え奴《やつ》らがテンションを上げちまわないように気をつけろ。各小隊のチーフ同士の連携で徹底させてくれ。上がったものは必ず落ちる。あいつらは15分以内に戦闘モードに入れるんだ。今の段階で緊張感なんか持たせる必要はまったくねえ」

「わかってます。こんなうちから煽られたら、現場に着く前にこと切れちまいますよ。大丈夫です。徹底しておきます」

広島の特警隊に警急呼集がかかった翌日、東京の首相官邸では、2回目の緊急事態大臣会合の招集があった。会合の1時間前、官房長官の手代木と総理の葛田は二人っきりで話をしていた。何も知らない人が見たら、手代木が総理大臣で、葛田が官房長官の態度だと思うに違いない。

「葛田さん。あんたはどこまで運がいいんだ？」

「運？　私が運がいいと言うのか？」

「総理になった時もそうだよ。今回も千載一遇、一発逆転のカードが転がり込んで来たよ」

「どういうことだ？　今回のピョンヤンの事件がそうだというのかね？」

「たった今、米国より重大な情報が提供された。クーデターを起こした可能性のある北朝鮮軍部がミサイル発射を企図していて、その発射基地の近傍に日本人拉致《らち》被害者6名が居住する施設があるというんだ」

「なに、拉致被害者？　どこが逆転のカードなんだ？」

葛田は、浅く速い呼吸をしながら、途方に暮れた表情をしていた。

「チャンスじゃないか。あんたは間違いなく神がかりの運を持っている。考えてもみろ、このタイミングで拉致被害者を奪還できるかもしれない情報が舞い込んで来たわけだからな」

「奪還？」

「そうだ。奪還だ。はっきり言うがね、次の衆院選まであと3ヶ月、この支持率じり貧のままでは、党内から葛田下ろしが起きるのは必至だ。その急先鋒《きゅうせんぽう》は、外務大臣の海原《かいばら》だよ。奴は、50代という若さにものを言わせ、強気、強硬外交を演じてきた。まあそれが好評で、今や大人気だ。頼もしさ、力強さ、あんたとまるで違う。葛田下ろしが吹き始めれば、その流れに乗り遅れまいと、誰もが世代交代を叫び、海原になびく。俺とあんたに勝ち目はない。どでかいことをやるしかないんだよ。どでかいといっても、仕事は、プロが省庁にいるんだから心配ない。なんとかなるさ。とにかく怖いのは味方からの流れ弾だ。避けられないぞ」

「それと奪還と、どう関係があるんだ？」

「だからチャンスだと言っているだろ。奴に外務大臣をさせていることも幸いしている。あらかじめわかっていて指名したかのようだ」

「どういうことなんだ？　そもそも我が国独自で奪還なんかできるのか？　アメリカはなんと言ってるんだ？」

「アメリカは、米軍の兵力を直接支援に充《あ》てることはしないが、情報提供の協力はすると言ってるんだ。弱気なことを言ってる場合じゃない。奪還するんだ。いや、奪還しようとするんだ。自衛隊にやらせる。それが成功しようが失敗しようが我々は安泰で、外務大臣だけが袋叩《ふくろだた》きになるんだよ」

「訳がわからん。何をどうしたら、外務大臣だけが袋叩きになるんだ？　で、自衛隊を北朝鮮に出撃させる？　そんなことができるのか……」

「できるさ。あんたは内閣総理大臣なんだぞ。それをしない限り、あんたと俺が政権に残る方法はないんだ。奪還といってもだ、法的には邦人救出としての行動だ。そうなりゃ、外務省が音頭をとらなければならない。なぜなら、今の法律の中で救出しようとすれば、外務省の官僚自らが北朝鮮に行かなければならないからだ。だから何が何でも潰《つぶ》そうとする。そうなりゃ外務大臣の海原は、その腐れ官僚たちの傀儡《かいらい》役立たず大臣となる。拉致被害者生存の事実と救出できる可能性をマスコミにリークして、国民感情が救出へと高まった時に、今度は外務省の抵抗をリークしてやれば、あの若さがそのまま仇《あだ》になって、ただの青くさいひ弱さになる」

「そんなことより、作戦が成功すればいいが、失敗したらどうなる？　救出するはずが死亡させてしまったら、自衛隊に犠牲者が出たら、どうなる？　それこそ葛田政権は木《こ》っ端微塵《ぱみじん》だ」

「そこを、何とかするんだよ」

「何とかなるわけがないだろ」

「なるんだよ。言わせればいいだけだ」

「言わせる？」

「そうだ。自衛隊に『奪還してみせる』と言わせてしまうんだよ」

「そんな都合のいい奴がいるのか」

「いる。必ずいる。先日、尖閣事案の時に投入した海自の特殊部隊、ああいうところには必ずいる。それから陸の特殊部隊にもいるはずだ。すぐに調べさせる。必ず探し出すさ」

「自衛隊に犠牲者が出れば、初の戦死者だぞ、どうなるんだ？」

「そりゃ大騒ぎにはなる。野党は連合してでも政権交代のチャンスと躍起になるだろう。それでも、なんとか乗り切れる道は見つけられる。思い出してみろ、１９９３年にカンボジアで国連ＰＫＯ活動に参加していた警察官が殺害されたが、ＰＫＯ活動も中断されず、政権もそのままだった。しかし、今のままだったら我々が政権に残る可能性はゼロだ。党内から総攻撃を受ける」

「それを、どうかわすんだ？」

「拉致被害者を一人でもいいから連れて帰って来るんだ。そうすれば、そちらに注目は行く。いや、行くように仕向ける。記者会見をして、拉致被害者に関する特集を各社に組ませて、ワイド・ショーで連日、救出された拉致被害者と命をなげうって救出した自衛隊、反対してその作戦を潰そうとした外務省、という構図の番組を組ませる。愛国の世論を作るんだよ。日本人は、一旦《いったん》愛国心に火がつくと右も左もなくなる。国民の心情をコントロールする、それができるのも、今の立場があってのことだ」

「世論を作る、か……」

「緊急事態大臣会合で、拉致被害者を邦人救出という形で奪還する方向に持っていく」

「……」

「腹を括《くく》れよ。我々が生き残るには、それしかないんだ、それしか！　運は引き寄せるもんなんだ。いいな」

会合が始まると、官房長官の手代木は、いつものように早口で切り出した。

「昨日発生したピョンヤンでの爆発事件に関し、追加情報が入ったので、再び集まってもらった。外務大臣、報告をしてくれ」

海原浩三《こうぞう》が話し始めた。

「ご報告致します。依然、爆発の原因、被害状況など北朝鮮政府は一切発表しておらず、詳細は謎《なぞ》のままです。北朝鮮にいることがわかっていた日本人ですが、報道関係者など23名全員が国外に脱出したと、在北京《ペキン》の大使館から連絡が入っております」

手代木が厳しい口調で言った。

「外務大臣、日本人はまだいるだろう」

「いえ、在北京の大使館が確認を致しました。中国政府を通じて北朝鮮に入国した23名、間違いありません」

「間違いだ。君は拉致被害者の存在を無視している。君は外務大臣なんだぞ、自覚を持て」

「あっ……申し訳ありません」

相手のミスを見逃さず、それによって精神的な主導権を握っていく、狡猾《こうかつ》な手代木らしい運び方だ。手代木は、ゆっくりと深呼吸をして続けた。

「先ほど米国より重要な、極めて重要な情報が入って来ました。米国は、クーデターが発生した可能性が極めて高いと言ってきています。かつてテポドンを発射したムスダンリに動きがあってですね。

あ、このムスダンリからテポドン・ミサイルが発射され、本州を飛び越えて太平洋に着弾した事件を、皆さん憶《おぼ》えていますか？　もう20年ほど経《た》ちますがね……。そのムスダンリにある、かつて頻繁に使用されていたミサイル発射基地を、クーデターを起こしたと思われる軍部が押さえて、ミサイル発射を企図している可能性を否定できないとのこと。

ここからが最も重要な米国からの情報ですが、発射基地の近傍にある護衛総局の施設内に――護衛総局とは、総書記の身辺警護を受け持っている機関です――日本人拉致被害者6名が居住していると判明したということです。場所もピンポイントでわかっています。おい、映してくれ」

正面のスクリーンに、北朝鮮の地図と、その施設の衛星写真が映し出された。

「米国は、ミサイル発射の兆候があれば、自国保護のため最低限の措置をとるということです。要するにピンポイント爆撃です。その際に拉致被害者が巻き込まれるのは必至。もともと北朝鮮は人間の盾として利用しているわけですから」

防衛大臣の田口は「読み上げ大臣」と言われるだけあり、他人事《ひとごと》のような表情だったが、4名の制服組の顔つきが変わった。

「まさかこの状況で、自衛隊に救出して来いというのではないだろうな」

安保法案で紛糾した際も、自衛隊についてはなんでもできるイメージばかりが語られたものだった。ことが起こると国民の期待を一身に受ける一方で、欠陥だらけの法律に縛られ、法を守れば役立たずと言われ、法を破れば暴力装置と言われるのが自衛隊の状況だ。

「今日の本題は、この6名を邦人救出の枠組みで救出できないかという話だ。皆さんご承知の通り、邦人輸送の枠組みでは過去に2回実施しているが、安保関連法の改正で可能になった邦人救出は初めてだ。では、邦人輸送と救出の違いについて、内閣法制局長官、説明をしてくれ」

「はい、違いを簡単にご説明します。『邦人救出』は、国外において、自衛隊が邦人を保護下において輸送できるということです。その人たちを日本の国内に入れるかどうかの判断は、依然として外務省職員が行います。今回であれば、外務省職員がミサイル発射基地のムスダンリに行き、身元確認及び入国管理手続きをしなければならなかったのが、そんな場所があるかどうかは別として、もっと安全な北朝鮮の別の場所で待っていて、自衛隊によって運ばれてきた人の入国管理手続き等ができるようになったということなのです」

すぐに手代木が質問した。

「現状の問題点は何だね？」

「相手国による秩序の維持と、相手国の同意が必要と規定されていますが、今の状況で北朝鮮の治安がいいとはとても思えませんし、同意するとも考えられません。この2点が法的な問題点になります」

「イラクの時はどうしたんだ？」

「あの時は国連決議で連合暫定《ざんてい》施政当局が仮の政府として権限を認められていたので、その同意を得て邦人輸送を実施できたんです。現在の北朝鮮にはまったく適用できません」

海原外務大臣が強い口調で言った。

「ふたつの法的な問題もそうですが、外務省としては、その6名の身元を確認する方法がないことが大問題です。パスポートを持っていない。出国記録もない。どこの誰だかわからないんですから」

海原の口ぶりからは、拉致被害者を是が非でも救出しようという熱意は感じられない。しなくてすむ理由、できない理由の連発で、それは外務省の体質そのものを表していた。

手代木官房長官は、田口防衛大臣に訊いた。

「自衛隊としては、問題はあるかね？」

防衛大臣が各幕僚長たちに視線を向けると、何か言いたげな朝比奈《あさひな》茂樹《しげき》統合幕僚長と目が合った。ゆっくりと頷《うなず》きながら右手を差し出し、発言を促す。

「制服組を代表致しまして、それが我が国の意思であるならば、最高指揮官たる内閣総理大臣の命とあれば、我々は全力で任務遂行に当たるのみです」

それに気を良くした手代木が言った。

「法的な問題は、内閣法制局長官と私がこの後詰めます。外務大臣から話のあった身元の確認方法は、外務省内で解決策を検討してください。猶予《ゆうよ》は24時間、方法は必ずある。防衛省は具体的な作戦計画を立ててください。外務、防衛ともに明日発表していただきます。総理、急ぎますのでこの方針でいかせていただいてよろしいですか?」

「わかりました」

「3回目のメンバーも本日と同じ。集合時間は明日の午前9時とする」

海原が発言した。

「ちょっと待ってください。なぜ、そんな無理をするんですか?　アメリカが爆撃するというから問題なんじゃないですか?　ピンポイントで場所がわかっているのなら、それこそピンポイント爆撃できないんでしょうか?　できないと言うのだったら、アメリカの責任において、爆撃前に米軍の特殊部隊でも投入して6名を救出してもらえば済む話じゃないですか?」

手代木が一段と大きな声で糾弾した。

「自国民は、自国で守る。自国で救う。当たり前のことじゃないか。そこまでアメリカが日本のために自身の血を流すと思っているのか」

「いや、しかし、事実上自衛隊の海外派兵じゃないですか。国民が納得しませんよ。マスコミはどう押さえるんですか」

「海外派兵じゃない。断じて違うぞ。海外派兵なんて単語を口にするな。邦人救出なんだよ。邦人救出を我々は行おうとしているんだぞ。自衛隊が海外に行くからといって安易に海外派兵なんて言うな。閣僚の君がそんなことも理解していないでどうするんだ」

手代木が顔を紅潮させて海原をどなりつけていたが、海原は、葛田が内閣総理大臣として本当に覚悟を決めたのかを見極めようと葛田を凝視していた。

葛田は誰とも目が合わないように宙を見つめていた。

翌日の緊急事態大臣会合は、朝比奈統合幕僚長の説明から始まった。

「統合幕僚長、作戦構想についてご説明申し上げます。陸海の兵力を統合した特別編成の任務部隊にて作戦を実施します。まず、投入兵力。海上自衛隊、ヘリ空母1隻《せき》『いずも』乗員470名、イージス艦2隻『あたご』『あしがら』乗員計600名。陸上自衛隊、輸送ヘリ2機『チヌーク』、多用途ヘリ3機『ブラックホーク』、誘導輸送隊として特殊作戦群30名……」

スクリーンには、戦闘艦艇、戦闘航空機のいかつい画像と、両目以外を黒いフェイスマスクで隠した特殊作戦群の訓練模様の画像が映し出されていた。会合の参加メンバーは同じでも、統合幕僚長が作戦の詳細を話し始めると、昨日とは雰囲気がまるで変わった。朝比奈は防衛大学校を優秀な成績で卒業後、可もなく不可もない慎重な仕事ぶりで出世してきた典型的な自衛隊エリートで、官僚臭が強い。だが、作戦構想の説明になるとさすがに生々しく、各大臣にすれば現実とは思えず、もはや映画の世界、違和感を通り越して夢を見ているような気分だった。

「ヘリ部隊を搭載したヘリ空母『いずも』を旗艦とする艦隊は、舞鶴港を出港、一路ムスダンリ沖を目指します。530マイル、約1000キロ、東京から下関と同じ距離になります。平均速力18ノット（時速約33キロ）、1日半で到着後、イージス艦2隻に搭載している高性能SPY《スパイ》－1《ワン》レーダーにより、精密対空監視エリアを形成します。つまり、陸上自衛隊のヘリコプターが飛行予定の空域を徹底監視し、危害を及ぼす可能性のある航空機、ミサイルなどの発見に努めます。必要とあらば、イージス艦に搭載している対空ミサイルにより撃墜します」

制服組以外の参加者は、「撃墜します」という言葉に大脳を刺激された。ある者は単純に野次馬的に興奮し、ある者は大臣としての自分の処世を考え始めた。国家の舵《かじ》取《と》りを決める会議だというのに、我欲ばかりが交錯していた。

朝比奈の説明は機械的に続いた。

「約2キロ先行するブラックホーク2機が護衛総局の施設上空に到着しましたら、同機が警戒監視、防護する中、チヌーク1機が降着します。もう1機のチヌークは、予備輸送機として上空待機させます。降着したチヌークから外務省職員及び誘導輸送隊の特殊部隊員が、拉致被害者居住施設へ向かいます。抵抗があるとすれば、ここであろうと予想しております」

そう言うと朝比奈は、ゆっくりと一回深呼吸をし、続けた。

「護衛総局が保有している武器、銃に関する情報はありませんが、その任務及び北朝鮮の武器事情から考えて、まずは航空機を撃墜できるような大型の武器を備えている可能性はないと読んでいます。

次に小火器ですが、北朝鮮軍と同じものであるとすれば、有名なロシアのカラシニコフ、AK－74です。しかしこれが、ロシア製でも中国製でも、自国でライセンス生産されたものでもなく、無許可による密造銃です。実際にそれを撃った者も、撃ったところを見た者もおりませんが、粗悪銃と言われております。ただし、小火器に関しては楽観視はできず、護衛総局の任務が総書記の身辺警護であることを考えると、金に糸目をつけず、高価で最新のものを装備している可能性はあると思っております。

誘導輸送隊は、外務省職員による身元確認及び入国管理手続きが終了した邦人をチヌークへ誘導するのが任務です。そして最後には、仕事を終えた外務省職員を防護しながらチヌークに戻り、上空で待機していたヘリ4機とともに『いずも』へ戻ってくるという計画です」

参加者の各々《おのおの》が自身の利害を計算し始め、場は沈黙に包まれた。それを破ったのは、海原外務大臣だった。

「総理のご指示通り外務省内で再検討したのですが、職員が一斉に難色を示しました。やはりこれほど危険な地域に外務省職員が出向くことには無理があります。我々は自衛隊員と違い訓練もしておりませんし、入省の時に『事に臨んでは危険を顧みず』など宣誓も無論していません。行っても単なる足手まといになるだけです。今回の状況では、自衛隊員のみでの実施が妥当かと思います。実質的には可能ですよね、統合幕僚長」

外務大臣の押しつけがましいもの言いに、朝比奈統合幕僚長が、口の端を少しゆがめて返した。

「面白いですね。大変面白い」

小馬鹿《こばか》にされたと感じた海原は、途端に口調を変えた。

「面白いとは、どういうことかね？　自衛隊だけで作戦はできるだろうと訊いているんだよ」

統合幕僚長は落ち着いていた。

「まさか、そのようなご質問があるとは思ってもおりませんでしたので、資料を準備しておりません。失礼ながら、頭の中の記憶からご説明させていただきます。関連法規の冒頭に『防衛大臣は、外務大臣から外国における緊急事態に際して生命又は身体に危害が加えられるおそれがある邦人の警護……の依頼があった場合において』と書いてあります」

先ほどの態度とはうって変わった海原が、今度は意外なほど素直に聞いている。政治家というのは基本的に、官僚の説明を鵜呑《うの》みにする性質を持っているのかもしれない。

「簡単に申しますと、そもそもこの作戦自体が、在外邦人を救出したいという外務大臣の思いから発せられるものなのです。そして、治安がよくて、安全が確保されていなければ自衛隊も行けないと規定してあるのです。危険だから自衛隊が行くわけではありません」

一同は、自衛隊の置かれている法的な立場を理解した。統合幕僚長は声のトーンをやや上げながら続けた。

「ですから、海外の同胞がどんなに危険な状況にあったとしても、助けて欲しいとどんなに懇願されようとも、そして、陸海空24万人の自衛隊員が自分の生命に代えても救出したいと願ったとしても、我々は救出作戦などできないのです。年間5兆200 0億円を投じているこの組織は、外務大臣からの依頼があり、防衛大臣が安全と見なさない限り、まったく動くことができないのです。この事実を外務大臣がご存じないとは驚きです。私からは、以上」

論破された海原は下を向いていたが、その表情は何かを押し殺しているのではなく、他人事のようだった。

手代木が続けた。

「外務大臣、わかったか。危険だから外務省の職員が行きたくないでは、法的枠組み自体が崩れるんだよ。では、次の議題に移る。内閣法制局長官、昨日の2点の問題についての解決策を報告してくれ」

「はい。まず結論から申し上げますと、厳しいです。極めて厳しいです。ただ、方法というか、可能性がまったくないわけではありません。多少の曲解をお許しいただければですが……。韓国を使うのです。韓国の憲法では、北朝鮮の国土も韓国の国土ということになっています。とすれば、イラクの時のように、従来の北朝鮮は正当な判断ができる状態ではないと断を下せば、連合暫定施政当局に該当するのが韓国ということになります。韓国とすれば、自国の領土と宣言しているのですから。自国でありながら治安に関してはまったく関知していないとは言えません。韓国は、自国が治安も維持管理していると言わざるを得ないのですよ」

すぐに海原が色をなして反論した。

「バカなこと言いなさんな。曲解も曲解、限度を超えている。あの時の連合暫定施政当局は国連決議で権限を認められていたんだ。現在の韓国の立場とはまるで違うだろ」

「それはそうです。確かに曲解なんです。しかし、現実は、外務大臣があんな危険なところに外務省職員を行かせられないとおっしゃっているところを、防衛大臣に安全だと強弁していただき、自衛隊員を派遣しようとしているわけなんです。曲解なくしてできるはずがありません。現段階では、この解釈しか思いついておりません」

手代木が割って入った。

「法が国を支配しているのは平時だ。非常時は現実が国を支配し、その現実に見合った判断をするのが我々だ。我々は何としても邦人救出を行わねばならないのだよ。米国は、ミサイル発射の兆候があれば爆撃すると言っているんだ。事態は切迫している。葛田政権は、ムスダンリの６名を決して見殺しにはしない。必ず救出する。国として極々《ごくごく》当たり前のことをしようとしているんだ。国家が国民の生命を最優先することに、誰が異議を唱えるというんだ。しかも、我々は超法規的措置をとろうというのではなく、法の範疇《はんちゅう》で解決する努力を全力でしているんだ。やる、やらないの議論は必要ない。どうすれば救出できるかを議論するんだ。最後に外務大臣、本人確認の方法について発表してくれ」

「……はい。パスポートも持っていない、出国記録もない、どこの誰だかわからない人が、確実に日本国籍を有している本人であると北朝鮮のムスダンリで判断する方法ですが、これは、なんとかなります」

険しい表情で答えを待っていた手代木が、「ふーっ」と安堵《あんど》の息を吐いた。

「衛星携帯電話を使用します。外務省のダイレクト・ナンバーにかけさせるのです。特別チームが待機して、ムスダンリの６名に、記憶しているすべてを語ってもらいます。本籍地、電話番号、生年月日、両親の名前、母親の旧姓、卒業した小中学校、学校の担任の先生の名前、校長先生の名前、最寄りの駅名、近所のバス停からの風景、同級生について、他、なんでもいいのです。そして、そのうちの５項目が一致すれば本人と認定します。現在、既に特別チームは編成を終え、データベース作りに取りかかっています」

感情を押し殺した海原の報告を聞いて、実行の可能性に確信を持った手代木が発言した。

「内閣がもたないとか、自分の政治生命が終わるとか、与党がどうだとか、小さなことは二の次だ。今は、6名の生命を救えるか、日本が国家として体《てい》をなし得るかどうかの瀬戸際だと認識して欲しい。総理、各国とも情報統制に限界が来ていて、近々アメリカ主導で公表のタイミングを決めると言ってきておりますので、各国と合わせて、情報統制を解きます」

「そうしてください」

総理大臣である葛田の返事に、その意を汲《く》んだように、手代木が締めた。

「承知しました。皆さん、法的問題をクリアしたら直ちに作戦を発動します。外務省、防衛省、内々《ないない》に作戦準備を確実にしておくように。本会合は、以上です」

一方、特別警備隊では、毎朝8時からの情報ブリーフィングが終わり、久遠から、藤井と第3小隊員はその場に残るように言われていた。第1、第2小隊員が怪訝そうな顔をしながら作戦室を出ていくと、久遠が小声で話し始めた。

「近々、第3小隊には、ヘリ空母の『いずも』に、しばらく派遣勤務で行ってもらう」

「何事ですか」

黒沼の質問に久遠はこう答えた。

「情報ブリーフィングで発表があった通り、本日《ホンヒ》12：00（ヒトフタマルマル）以降、情報統制が解かれてマスコミが大騒ぎする。北朝鮮が現在無政府状態であることがわかるからな。実は、それだけじゃないんだ。公表されない情報がある。アメリカより重要な情報がもたらされた。ムスダンリにある護衛総局の施設内に、日本人拉致被害者6名が居住しているというんだ。その6名の救出作戦を、自衛隊が実施する」

藤井は、久遠を睨《にら》むようにしながら聞いていた。これほどの重要情報を、久遠がなぜ情報ブリーフィングで話さなかったのか、察しがつくからである。

「ヘリ空母『いずも』に『チヌーク』2機、『ブラックホーク』3機、外務省職員、特殊作戦群30名を乗せて行く。イージスの『あたご』『あしがら』は対空警戒と護衛だ」

「我々は、ムスダンリには行かないんですね」

「そうだ」

「であれば、任務は何ですか」

「特殊作戦群30名の支援だ。陸の彼らは艦内生活に慣れていない。ムスダンリ沖に着く前に戦力ダウンしないように、面倒を見てやれ」

「わかりました。でも、解《げ》せないですね。我々が行けばいいじゃないですか。我々だけでは人数が足りないので、艦内生活に慣れていないが特殊作戦群も出す。もしくは、我々では任務を達成できないので、艦内生活に慣れていないけれども特殊作戦群を出す。そういうことなら納得できます。これに関して、意見具申はされましたか？」

「みんながいる前で言わなくて正解だった。藤井、お前はいちいち、うるさいんだよ。俺のずっと上で決まったことだ。今後、俺に意見具申するなら、俺にだけ、二人の時に言え」

また始まったとばかりに久遠はうんざり顔だったが、藤井が引き下がるはずもなかった。

「部隊の運用に関しては、相手が誰であろうと、部隊指揮官である隊長は意見を述べるべきです。航空自衛隊を絡《から》ませることは無理だったんでしょうが、陸海で負担も手柄も同じくらいにしましょう……みたいな臭《にお》いがしますね。投入兵力を真面目《まじめ》に考えていないですよ」

「お前が考えることじゃないんだよ。黙って行け！」

「もちろん行きます。装備品はフルで持って行きます。その場からムスダンリに行けるように、武器はすべて、爆薬、弾薬まですべて持って行きます」

「何をする気なんだ？」

「不測事態が発生して、ムスダンリ沖にいる我々を投入すればカバーできたのに、道具を持って行ってなかったのでお手上げ、なんてことになったら、悔やむに悔やめません。その場合、道具を持たせなかった隊長が処分されますよ」

「脅す気か」

「とんでもない。ご自身の先を読むって、そういうことでしょう。まあ、私が暴走したくても、ヘリが飛んでくれなきゃムスダンリには行けないんですから、ご心配なく。お願いします」

　藤井は姿勢を正して頭を下げた。

「いいだろう。許可しよう。ただしな……」

　久遠が言いかけたところで、藤井はドアノブを回して部屋を出て行った。

　2回目の緊急事態大臣会合が開かれた8月7日の夕刻、官邸前の車寄せに黒塗りの車が停まった。葛田総理が経団連との会合で赤坂に出かけるためである。

葛田が執務室から廊下に出ると、走ってきた秘書官が息を切らせながら言った。

「総理、官房長官から、お待ちくださいとのことです。外務大臣が今こちらに来られるそうで、重要な報告があるそうです」

秘書官が言い終わらないうちに、手代木官房長官と海原外務大臣の二人が足早に歩いてきた。顔を強張《こわば》らせて海原が廊下で報告しようとしたが、手代木に促され、執務室に入った。

「ムスダンリに派遣する人員が決まりません。決まるわけがないですよ。報道統制が解かれ、広くピョンヤンでの事件が報じられるようになった今、誰が行くんですか。無理です」

葛田が顔をしかめた。

「決まりませんとは、どういう意味ですか。誰を行かせるかを決めて、人事発令をすればいいだけではないですか」

「防衛省ならそうするのかもしれませんが、外務省には外務省の伝統といいますか、しきたりといいますか、習慣がありまして、発令前に本人に内示というかたちで打診をします。その時点で全員が拒否、いや拒絶しました。退職願いを準備している者までおります」

「理由はなんですか？」

「危険すぎる。命の保証がない。理由はみんなそうです。私自身が面接をして説諭、翻意させようと試みましたが、無理です。向こうの方が理に勝ります。とても議論になりません」

「どのように言っているのですか？」

「ピョンヤンでの爆発の原因が、軍部などによる犯行なのか、他国による攻撃なのかすらわかっていない。ということは、無政府状態の今、他国との交戦状態になる可能性も否定できない。そんな国家権力の中枢《ちゅうすう》部が消滅した状態なのに、生死のわからない最高指導者の身辺警護を任務とする護衛総局の施設内に入り込むことが安全であるわけがない。そう言うのです」

「そうか」

葛田は右手を額に当てて、考え込むようなポーズで「ふう……」とため息をついた。

「省として、もちません」

「それはどういう意味？」

「これ以上無理をすれば、省として機能しなくなるばかりではなく、安全ではないのに邦人救出をしようとしているという情報も流れます。野党が騒ぎ出して国会紛糾、マスコミが煽《あお》って、自衛隊法違反を内閣が主導した、暴走内閣だと大批判の世論が形成されます。そうなれば、邦人を救出するどころか、内閣は倒れ、下手をすれば政権交代もあり得ます。総理念願の憲法改正も永遠に遠のくでしょう。それくらいの破壊力があります」

手代木が険しい表情で口を挟んだ。

「ちょっと待て。外務官僚が情報をリークするという意味か？　完全な守秘義務違反だろ」

「守秘義務違反vs.自衛隊法違反という構図です。世論がどちらに流れるかは、もはや明白です」

葛田は弱気になっていった。外務省の反対を押し切るには無理があると思い始めたからである。海原は葛田の表情を横目で見ながら、自分の報告が効いたと思った。葛田の心が折れる寸前であることを見て取った手代木官房長官が、割って入った。

「私は、今朝の統合幕僚長の言葉を覚えてしまいましたよ。『年間5兆2000億円を投じているこの組織は、外務大臣からの依頼があり、防衛大臣が安全と見なさない限り、まったく動くことができないのです』」

うつむき加減になっていた葛田が、徐々に顔を上げた。自分の腹の底まで見通す手代木の目をまっすぐ見ながら言った。

「法が国を支配しているのは平時、非常時は現実が国を支配する。その現実に見合った判断をするのが我々政治家、か……。我々は安直に法を超えようとはしていない。法を超えまいと全力で努力をしている」

「そうです。我々は努力をしています。いいんです。しかも、考えてみれば問題は、外務省職員が現地に派遣されることを嫌がってるだけのことです。派遣せずに済む理屈を考えればいいのです。それは、法を逸脱することにはなりません」

葛田と話していた手代木は、海原の方を振り返った。

「外務省職員を派遣しない方法を考える。それでいいな」

手代木は、葛田に向き直って言った。

「屁理屈《へりくつ》のウルトラCは、防衛省制服組が最も得意とするところです。憲法九条下であれだけの組織が堂々と存在しているのは、そのお陰ですから」

そう言い終わると、思い出したように海原の方を振り向き、切り捨てるように告げた。

「ご苦労様でした。外務省職員を現地に派遣することはしない。それならいいだろ。情報が漏れないようにしてくれ。それだけに専念してくれ。邪魔だけはするな」

ホッとした表情の海原が部屋を出て行くのを見届け、手代木が話し出した。

「これで海原は終わった。この外務省の謀反《むほん》まがいをリークすれば、世論の矛先は外務省に向く。それから、『奪還してみせる』と言ってしまいそうな〝おバカさん〟がいたよ。陸海空自衛隊でもダントツのおバカを見つけた。それも陸と海の特殊部隊にいた。一人は、天道剣一1等陸佐、陸の特殊部隊の指揮官。もう一人が海の特殊部隊の藤井義貴3等海佐、昨年の尖閣での国旗事案の時に現場指揮官だった男だ。

緊急会合を開くぞ。メンバーは防衛大臣、統合幕僚長、陸海空幕僚長、陸海の特殊部隊指揮官とする。藤井に関しては、理屈は適当に考えて呼び出せばいい。とにかく、その場でこの二人に『奪還してみせる』と言わせてしまうんだ」

「そんなこと、簡単に言うだろうか？」

「言うよ。言わせる。言わせない限り、我々の政治生命は終わってしまうんだ。何がなんでも言わせる。心配ない。バカなウグイスはすぐに鳴くさ。陸の特殊部隊は習志野にあるのですぐだが、海の特殊部隊が広島なので、呼び出すのに5時間は必要だ。今20時だから、深夜1時になるが、いいな」

「ああ。それで頼む」

葛田は、目をつぶり、大きなため息を吐いた。

第3章　出撃

東京都　首相官邸
20××年8月8日00時50分

首相官邸、深夜1時10分前。緊急会合のために集まった7名の制服組は、統合幕僚長を先頭に会議室前に整列していた。

並びは階級順、同じ階級なら防衛大学校の卒業期順である。集結した7名のうち、5名は防大出身だ。防大設立以来、自衛隊でその卒業生以外がトップの幕僚長になったことはない。そういう意味では、自衛隊はもっとも強固な学閥組織であった。

防大出身ではないのは、東京理科大卒の特殊作戦群長である天道剣一と、日本体育大卒の特別警備隊先任小隊長である藤井義貴の2名だけだった。

これまでの緊急会合では手代木官房長官が仕切っていたが、今回は葛田総理自ら口火を切った。

「深夜に皆さんご苦労様です。遠く広島から駆けつけてくれた指揮官もいると聞いています。危急存亡の時ゆえ、ご理解いただきたい。問題のムスダンリの状況に変化はありません。邦人救出の枠組みを考えていましたが、ご存じのように外務省の抵抗があり、打開策を練るためにこの会合を開くことにしました」

制服組7名のうち5名は、総理の一言一言に大きく頷《うなず》いていた。他2名のうち天道は腕組みをして目をつぶったまま微動だにせず、藤井は他の参加者の表情を盗み見していた。

「私は内閣総理大臣として、大きな決断をしました。自衛隊を投入し、ムスダンリの拉致《らち》被害者6名を救出します」

現実感に欠ける妙な空気が、会議室に流れた。国会の承認を求めずして自衛隊の実戦投入が行われるという「想像だにしていなかった話」に、お飾りにすぎない田口防衛大臣はもちろん、各幕僚長にしても夢を見ている気分になっていた。海原外務大臣に直接意見した朝比奈統合幕僚長でさえ、実戦投入が現実味を帯びてくると、急に弱気になっていった。

話が空回りしかねないと、手代木官房長官がいつもの早口で割って入った。

「超法規的措置をとると言っているわけではないのです。自衛隊法の邦人救出が可能な条件を満たす理屈はあります。今の問題は、皆さんにはまったく理解できないことかもしれませんが、外務省職員が現地に行くことを断固拒否しているために派遣できないのです。本来、外務省職員が現地で実施する『スクリーニング』、要するに人物確認をして入国を許可することができない状態なのです。現地に行くのは自衛隊員だけということになります。その理屈をどうするのか？　北朝鮮の拉致被害者を奪還、救出する作戦は具体的にどんなものになり、成否の見積もりはどうなのか？　それを考えて欲しい。統合幕僚長、陸上幕僚長、海上幕僚長、航空幕僚長、特殊部隊のお三方、米国によるピンポイント爆撃が行われる可能性が高まってきています。とにかく6名の救出を最優先します」

手代木に助け舟を出してもらった葛田も、言葉遣いを崩して朝比奈統合幕僚長に語りかけた。

「そうなんだ。とにかく自由な発想で意見を出して欲しい。私は、具体的にどう動けばいいのか、よくわからないんだ。軍事の専門家として何でも言ってくれ」

朝比奈は困惑した。

「外務省が絡《から》まず、防衛省だけでやる……。そんなこといきなり言われましても……。

法で定められた邦人救出とは全然違ってきますからね、自衛隊は今まで、北朝鮮の拉致被害者奪還作戦を計画したことがありません。それが行われるという根拠法規がないからです。ですから、訓練を実施したこともありません」

幕僚長まで上り詰めた者は皆、防衛大学校入学後は、徹底的に規則を遵守《じゅんしゅ》することを叩《たた》き込まれ、がんじがらめに生きている。

そのがんじがらめの環境に順応し、その中で能力を発揮してきたからこそ彼らの地位はある。だから、彼らの大原則は法令遵守で、根拠法規のない行動など想像したこともなく、具体的な意見を求められても思考は働かない。

朝比奈は左手で後頭部を押さえ、下を向いてしまった。トップがそうなれば、他の陸海空幕僚長らに何ができるはずもなかった。

葛田総理は彼らの反応に、自分の考えの甘さを思い知った。理屈さえ立てれば、自衛隊はさっと行動できるものだとイメージしていたが、そのための訓練を積んでいる、想定した範疇《はんちゅう》でなければ動けるものではないのだ。視線を床に落とし浅い呼吸をしていた葛田は、すがるような目で手代木の顔に視線を上げていった。

葛田と一瞬目が合った手代木が発言した。

「特殊部隊は、どうなんだ？」

手代木は、年齢も階級も一番下の藤井をじっと見つめながら言った。

「そんなもん、簡単ですよ」

藤井は、手代木の期待以上の〝おバカさん〟ぶりを発揮した。

「簡単？　今、簡単と言ったのか？　簡単なのか？　どうやって救出するんだ？」

絶対的タテ社会の組織ゆえ、藤井のような下っ端《したっぱ》が階級を飛び越えてこの重要な会議に参加しているのを自身に対する侮辱とさえ思っていた統幕長及び陸海空幕長は、藤井ではなく隊長の久遠に刺すような視線を送った。

久遠は、視線もその意味も十分に理解していたが、自分が発言するわけにはいかなかった。議論にでもなったら、特殊戦の教育を受けたことがなく、知ったふりをしていることが全員に知られてしまう。

「天道さん、どうなんでしょうね？」

米陸軍の特殊戦スクールを出ている天道に発言をさせて、藤井を黙らせようとしたが、久遠の思いつきに天道は冷たかった。

「それを今から、藤井が説明するんじゃないですか」

いつも修行僧のように表情を変えない天道だが、破天荒な発言を促すように微《かす》かに笑みを浮かべながら、藤井に視線を送った。

「どうやってって、簡単じゃないですか。行って、邪魔する奴《やつ》を斥《しりぞ》けて、その6名が本物か確認して、連れて帰って来ればいいだけじゃないですか。行き方はいくらでもあるし、確認する方法も連れて帰って来る方法もたくさんありますよ。そのうちのどれが最もリスクが少ないかを予想して、決めるだけです」

「現在ある情報だけで可能か？」

「そりゃ、情報はあるに越したことはないです。でも、情報がないから作戦ができないなんてことはありません。特殊戦に疎《うと》い人は、拉致被害者の情報が少なすぎて奪還は不可能だとおっしゃいますけど、そういう人が満足する情報なんてのは、ハリウッドにでも行かなきゃありません。そんなのは、映画の世界です」

特殊戦の教育を受けたことがない久遠が一番恐れていた状況になってきた。部下の藤井が自論を飄々《ひょうひょう》と展開していく。

「情報というものは、いつも足りないし、間違っているものなんです。本当に足りなくて困るのなら自分で取って、確かめればいい。もちろん、情報機関に情報要求はしますよ。でも、スペシャル・リコナサンス（特殊偵察）もあれば、スペシャル・インテリジェンス（特殊情報収集）もある。そういうことを自分でやればいいわけですよ。特殊部隊は情報を取りながら侵攻・前進し、ミッションをこなすことだってあります。

情報を使う者自身が情報収集するから、分析が必要ないですしね。そっちの方がある意味いいとも言えるんです」

「我々は何をすればいいんだ？」

「我々は、何を？」

藤井は困ったような表情になり、手代木と葛田に交互に視線を送りつつ続けた。

「首相と官房長官がしなければならないことですか？　それはわかりませんが、私の立場からお願いしたいことは、ムスダンリの6名を救出するために、何を失うことを許容するのか、具体的に申し上げれば、特殊部隊員何名の命と引き替えにするのかを決めていただければ、作戦はあっと言う間に立てられますので、ありがたいです」

藤井の表情は、冷めていった。

「遠慮は無用です。我々はそのために日々を生きているんですから。ミッションのために死んでいくのは当たり前。どうぞお気になさらず、おっしゃってください」

「いやいや、そう簡単に言われてもな……」

「総理は、武力によって日本人を救出するとお決めになったのではないんですか？武力を使うのであれば、必ず何かを失います。なぜ6名を救出するのか？　その理由が明確であり、それを貫こうとする情熱と信念がおありならば、おのずと、どれだけの特殊部隊員に命を捨てさせるのか決まるはずだと思います」

数秒でも、静寂というのは長い。

「まわりくどい言い方をして申し訳ございません。具体的な人数を決めていただきたいわけではないのです。何がなんでも6名を救出する！　如何《いか》なる犠牲を払ってでも、見殺しにはしない！　という絶対の信念と情熱を確かめたいのです。『人数の問題ではない。部隊全滅してでも救出しろ』と言っていただきたかったのです」

藤井がここまで言ってのけるのは、現場へ出て行く者として、どうしても譲れないからである。「どうしてもしなければならない」という情熱が、国家の最高意思決定権者にあるのかどうかを確認したいのだ。そこを百も承知の天道が間に入った。

「藤井、もういいだろう」

「言っていただきたいですね。なんとしても……」

苦虫を噛《か》みつぶしたような表情だった手代木が、天道のこの一言で息を吹き返した。

「何を言ってるんだ！　部隊が全滅してでもなんて、政治家が言えるわけがないだろ！　ただしだ、何がなんでも6名を救出する、という覚悟はある。あるに決まってるだろ。当たり前なんだよ」

藤井は、手代木の目をまっすぐに見つめて言った。

「細部は天道さんと詰めますが、救出する人数の5倍から10倍の特殊部隊員が命を落とす覚悟の作戦になります。それでよろしければ、6名無傷で連れ戻してみせます」

会合に参加している全員が息を呑《の》んだ。ある者は驚愕《きょうがく》の表情のまま固まり、ある者は「何をバカなことを」と吐き捨てた。

「30人から60人が死亡するのか?」

蚊の鳴くような声で、葛田が口元を震わせながら言った。

「最悪の場合を言っているんです。結果、誰も死亡しないかもしれないし、60名が死亡するかもしれません」

動揺する葛田にこれ以上発言させたくない手代木が割って入った。

「そうか、驚くじゃないか。それならいいが……」

「それならいい? そうでしょうか。北朝鮮から武力によって拉致被害者を救出する。それを決断するということは、60基の棺桶《かんおけ》の前に立つ覚悟があるのかということです。60のうちのひとつは私のものですがね。死亡した60名の奥さん、子供たち、ご両親、ずらりと並ぶことになります」

葛田はもちろん、さすがの手代木も口を閉ざした。

「よく政治家の方は、選挙は命懸けとかなんとかおっしゃってますが、そういう比喩《ひゆ》ではないですよ。本当の死です。政治生命とかいうものではなくて、本物の生命、生き物としてたったひとつしかない生命を、捨てさせるということですから……」

下を向く葛田を横目に、手代木は強い口調で藤井に言った。

「それこそが政治判断だ。政治家の仕事であり役割だ。余計なことを言うんじゃない。そんなことより、今、奪還できると断言したな。6名無傷で連れ戻してみせると言ったな！　だったら、早く作戦を立てろ。それが君たちの仕事のはずだ」

藤井は、手代木を睨《にら》みつけながら、これまでの半分のスピードで言った。

「もちろんです。天道さんのところとうちには、腹を括《くく》る奴がいくらでもいます。この足で習志野に行って天道さんと作戦を立案します。5時間後、またここで作戦に関する説明が可能です」

藤井は手代木の目を睨み続けた。天道も口を真一文字に結んで手代木を直視している。葛田は誰とも目を合わさないようにうつむいていた。

手代木は、藤井から視線をはずして葛田に言った。

「総理、朝8時から、作戦に関する説明を実施させます」

「……わかりました」

「それでは、皆さん明朝8時に作戦説明をここで行います。それから統幕長、外務省を現地に連れて行かない屁理屈《へりくつ》は、お願いできるかね？」

「そんなのは、やる気にさえなれば簡単な話です」

「そうか、それも次回説明してくれ」

　翌朝の首相官邸。5時間前とまったく同じメンバーが、同じ会議室で顔を揃《そろ》えた。全員がろくに睡眠をとっていないはずだが、部屋の空気は張り詰めていた。葛田以外の参加者は既に着席している。青白い顔色の割に目だけが充血した葛田が入室して席に着くと、すぐに手代木が早口で切り出した。

「まずは、外務省を現地に連れて行かない理屈について、統幕長、お願いできるかね」

「これは簡単な話でして、今回に限っては、現地に持っていく本人の情報がないのです。とにかくパスポートから何から、身分を証明するものを本人が持っていない。さらに、名前も顔もわからないのですから資料を持って行きようがない。したがって、外務省職員は国内に残って、現地から自衛隊員が送る情報により、その方が日本国籍を有しているかどうかを確認し、日本国内から入国許可を与え、自衛隊員に輸送を依頼するという措置をとらざるを得ないのです」

「そうか、確かにそうだな。それでいい、十分だ。では総理、作戦についての説明に移ります」

葛田は、ゆっくりと頷いた。

朝比奈統合幕僚長が続ける。

「本来であれば、統合幕僚長たる私が、作戦構想についてご説明申し上げるべきでございますが、今回の作戦につきましては、極めて異例の、正に特殊作戦でありますので、特殊戦の専門家に説明させます。わかりやすくするように指示しておりますが、ご不明な点などございましたら、進行を止めてその場でご質問いただいて構いませんので、よろしくお願い致します。天道君、ご無礼のないように……」

正面スクリーン脇《わき》の席にいた天道は、すっくと立ち上がって説明に入った。

「始めます。作戦目的、陸海空の統合任務部隊をもって、X日X時にムスダンリの邦人6名を救出する。外務省職員が同行するはずだった作戦と似ておりますが、大きく異なる点は、主作戦と支作戦に分けることです。

主作戦の担当はジョイント・タスク・フォース1。任務は、ムスダンリの護衛総局施設内に居住していると思われる邦人6名を救出すること。支作戦の担当はジョイント・タスク・フォース2。任務は、同施設の南方約7キロメートルに位置する対空砲基地及び監視所を無力化し、フォース1の行動を支援すること。これは、軍事作戦上絶対に必要な行為なのですが、邦人救出の枠組みを外れる可能性があります。ですから、表向きの理屈としては、ここにも邦人が存在しているという情報があったことにします」

ラージ・スクリーンには、天道の説明内容が文字で映されていた。

「参加兵力を示します。ジョイント・タスク・フォース1、海上自衛隊：ヘリ空母『いずも』、イージス艦『あたご』『あしがら』、陸上自衛隊：輸送ヘリ『チヌーク』2機、多用途ヘリ『ブラックホーク』3機。救出隊、特殊作戦群50名。警戒監視隊、航空自衛隊：早期警戒管制機『E-767』1機、総勢1100名」

スクリーンには、ヘリ空母、イージス艦、輸送ヘリ、多用途ヘリ、早期警戒管制機の映像が次々と映し出されていった。

「ジョイント・タスク・フォース2、海上自衛隊：『そうりゅう』型潜水艦2隻《せき》。無力化部隊、特別警備隊20名、総勢150名」

天道が口にする言葉を聞き、正面ラージ・スクリーンの映像を見て、作戦会議に参加している誰もが、否《いや》が応《おう》でも軍事的リアリティを感じ始めていた。

「各部隊の任務の概要です。ジョイント・タスク・フォース1、X日マイナス2日、ヘリ空母『いずも』は救出隊50名を隠密裏《おんみつり》に乗艦させ舞鶴港を出港、日本海の某地点で派遣ヘリコプター5機及びイージス艦『あたご』『あしがら』と会合し、ムスダンリ沖合に向かう。到着後、イージス艦2隻は作戦空域に防空監視エリアを形成、作戦行動の安全を確保する。派遣ヘリコプターに危害を及ぼす飛行物体を発見した際は、警告後撃墜する。航空自衛隊早期警戒管制機は、イージス艦とリンク・ネットワークを形成、敵性飛行物の早期発見に努める。ここまでで、質問はありますか？」

同じ自衛隊の者でも、陸海空の自衛官が仕事を共にする機会はあまりない。各組織にはそれぞれ独自の習慣、文化があり、言い回しも異なる。「統合任務部隊」を運用するにはそれらの問題もあるため、天道はこまめに質問の機会を設けていた。

誰もが無言で頷いていたので、次の説明に移った。

「派遣ヘリコプター隊の任務は、ムスダンリ沖のヘリ空母を輸送基地とし、救出隊をムスダンリに輸送すること。また、上空から救出隊の活動を支援するとともに、保護した邦人6名を収容し、ムスダンリ沖の輸送基地まで安全に輸送することになります。救出隊の任務は、ムスダンリに降着後、速やかに邦人6名を救出し、衛星電話により外務省と連絡をとって、人物確認をして入国許可をとる。そして、許可の下りた人物を輸送ヘリに収容することです。救出活動を妨害するものがあれば、躊躇《ちゅうちょ》なくすべてを排除します。私からは以上。フォース2につきましては、藤井に説明させます」

天道が座るのと同じタイミングで藤井が立った。

「ジョイント・タスク・フォース2について申し上げます。X日マイナス3日に呉《くれ》港から潜水艦2隻が出港、この2隻にそれぞれ10名の特別警備隊員が乗り込みます。無力化部隊です。瀬戸内海を西に向かい、関門海峡を抜けたら速やかに潜没状態（船体が完全に水中にある状態）となり、要するにここで、水上航行から水中航行へ移行して、一路ムスダンリ沖を目指します。対空砲基地と監視所は隣接していますので、潜水艦は上陸ポイント沖で浮上、水中スクーターと無力化部隊の隊員を降ろします。隊員は泡の出ない特殊潜水器を装着、水中スクーターを操縦して上陸ポイントに向かい、そこに隠密上陸して、ジョイント・タスク・フォース1がムスダンリの護衛総局施設に降着する10分前に工作を開始、そこの機能を停止させます」

手代木は、目を輝かせて頷いた。

「そうか、そういうふうになるのか。イメージできるよ。できるんだが、これだけの規模の作戦で、しかもいろいろな部隊が関わっている。初めて顔を合わせる人たちだってたくさんいるだろう。いきなりできるものなのかね？」

天道は、一重で切れ長の目を冷たく手代木に向けた。

「できます。それぞれの部隊は、普段やっていることをするだけですから。艦は、艦を運航するだけ。指定された時間に出港し、指定された時間に指定された場所に着けばいいんです。航空機も同じです。ただし、特殊部隊の運用は別です。計画通りにいく特殊作戦は絶対にありません。必ず変更があります」

急に語気を強める天道に、手代木は息を呑み、制服組は平静を装《よそお》うとした。天道は手代木でも葛田でもなく、統合幕僚長と陸海空の幕僚長たちの方を向いて念を押した。

「自衛隊のシナリオ訓練じゃありませんのでね。予定通りになどなりませんよ。必ず、その場で、変更が生じます。それは軍事的判断の範疇を超えることもあります。任務達成の可能性追求という判断であれば現場で隊員がしますが、それを超えた場合は、政治的判断になります」

天道は視線を葛田に向けて続けた。

「総理ご自身に、その場で即決していただかなければなりません。そのためには、明確なご意思として、何を優先し、どこまで捨てるのか、そこがはっきりとしていなければ即断できません。作戦の遂行中に万が一、迷われることがあっては、転がる死体が60では収まらなくなります。拉致被害者の救出に行ったはずが、拉致被害者を含めた66個の空の棺桶を並べて葬儀という結末だって、当然あり得ます」

葛田にしろ手代木にしろ、軍事作戦というものは、自衛隊に発動を指示すれば自分たちの役目は終わりだと思っていた。自分たちに求められている即断の内容には想像も及ばなかった。

手代木は、強い口調で天道に言った。

「例を挙げてくれ。イメージが湧《わ》かないんだよ」

天道は切れ長の目をより細めて問いかけた。

「はい。では、行ってみたら拉致被害者が8人いて、そのうちの1人は韓国人で、北朝鮮軍の発砲により被弾していた。だとしたら、連れて帰りますか?」

「日本人ではないのなら、パスポートのない人間を連れ帰る理由がないだろう」

「そうですか。国際人道上、問題になりませんか?」

「関係ないだろ」

「そうですか。では、韓国人ではなく、アメリカ人だったら、どうされますか?」

「アメリカ人なら……」

「なにゆえ韓国人はダメで、アメリカ人ならよろしいんですか。日米安保で説明可能でしょうか？　では、そこに8人いて、2人が韓国人とアメリカ人だったら如何《いかが》します？　韓国人だけを置き去りにして帰るというわけですか？」

「……」

手代木は黙ってしまった。天道はさらに追い詰めた。

「さらにです。北朝鮮の人と結婚している日本人がいたら如何しましょう？　旦那《だんな》さんと子供さんがいて、一緒じゃなければ帰らないと言われてしまったら？　『何十年も放っておいて、今頃なんなんですか？　ここで私は生きているんです。家族がいるんです。また家族から引き離されるんですか？』と言われたら？　さようなら、と帰ってくるわけには……」

葛田は完全にうなだれ、手代木も目を逸《そ》らしてしまった。

その重苦しい沈黙の中、藤井が天道にささやいた。

「オヤジさん、やっぱり思ってた通りじゃないですか」

自衛隊では、自分の上官や指揮官のことを本人がいないところで「オヤジ」と呼ぶことがある。しかし、本人に向かって呼ぶ者はいないし、それ以前に天道は藤井の上官ではない。藤井の上官は、彼の隣に座っている久遠である。久遠にしてみれば、自身の存在が否定されたのと同じだった。

「聞こえとるぞ」

睨みつけながらそう吐き捨てた手代木を、藤井はついに問いただした。

「昨日、自衛隊投入を覚悟したとおっしゃってましたが、なぜ救出するのか、肝心《かんじん》要《かなめ》の目的について、皆様どうお考えでしょうか？」

「目的ならあるに決まってるだろ」

「なぜ、救出する人数よりも多くの犠牲者を出してまで救出しなければならないのか、そこがはっきりしているのなら、先ほどの質問に答えるのは簡単だと思うんです。その〝なぜ〟が国家の意志なのではないでしょうか。我々は、拉致被害者がお気の毒だから行くわけではありません。拉致被害者を奪還すると決めた理由、すなわち国家の意志に自分たちの命を捧《ささ》げるんです。そこがあやふやなのであれば、我々は行けません。いや、行きません。クビになろうが、死刑になろうが、行きません」

藤井が言い終わると、すぐに天道が畳みかけた。

「この場で統幕長が首を縦に振れば、参加部隊は24時間以内に準備を終えます。最終的には天気予察で出港日を決めますが、総理、この作戦の目的を総理自身がお決めにならない限り、出撃はできないのです。では、最後に天候について。藤井！ 説明しろ」

正面スクリーンに気象衛星から送られてきた雲の写真が映し出され、藤井が説明を始めた。

「この映像は、昨日、8月7日の15：30（ヒトゴウサンマル）の画像です。フィリピンの東方、太平洋上に台風の卵があります。太平洋高気圧の勢力がまだ強いので、本州には近づけず、九州の西岸から対馬《つしま》海峡にかけて北上し、日本海を縦断、北海道に抜けると思われます。ムスダンリに最接近するのは、6日後くらいでしょう。ムスダンリから250キロ、150マイルの地点を通過します。その時を狙《ねら》います」

前のめりでスクリーンを見ていた葛田が質問した。

「なぜ台風を狙うんだ。北朝鮮が油断しているということか」

「まあ、それもございますが、我々に有利だからなのです。自然環境が厳しければ厳しいほど有利です。その能力を高めるために、我々は心血を注いできたからです」

「どういうことだ。わかるように説明してくれないか」

「明るいところより暗いところの方が有利です。我々の方が夜間視力が高いからです。暗さを味方にできるわけです。同様に、荒れ狂う海の中に相手を引きずり込めば、その時点で勝利を手に入れられます。それは、我々だけが、荒れ狂う海で生きる術《すべ》を身に付けているからです。味方にできるのです。そこには絶対の自信があります」

「ヘリコプターは飛べるのか。台風の中を飛ぶのか」

「飛びます。飛んでもらいます。なぜならば、航空部隊はそのために訓練しているからです。彼らは安全に飛ぶことが目的の民間パイロットとは違い、有利な条件の場所に戦闘員を送り届けるのが役目です。6日後の再接近に間に合うよう、2、3日後の出港が適当です。総理、あとは総理が腹を決めていただければ、行けます」

「腹とは、目的、指針のことかね?」

「そうです」

手代木が割って入った。

「拉致被害者の救出、それだけだ」

「しかしながら、それでは作戦は遂行できないのです」

「我々を脅してるのか? できない理由を言ってみろ」

座っていた天道が立ち上がった。

「先ほど申し上げさせていただいた通り、作戦というものは計画通りには絶対にいかないのです。変更に次ぐ変更がなされます。しかも、それは現場の隊員が行わなければならないのです。軍事作戦ですから、直接人命が関わる変更を、実弾が飛びかう中でやり続けるのが特殊戦です。彼らが悩み、迷った時、必ず立ち返るのが作戦の目的なのです。今回で言えば、『なぜ、多くの犠牲を払ってでも拉致被害者を救出するのか』、それを達成するために最も適切な方法を現場で判断するわけです。それがなければ、一切の変更ができません。それはそのまま全滅を意味します」

藤井が困ったような顔で話しだした。

「先ほど、目的はあるに決まってるとおっしゃったじゃないですか。なぜ、犠牲を払ってでも救出するとお決めになったんですか。まさか、党のためとか、政権のためとか、どこかの大統領に言われたとかでは……」

図星だったのか、手代木は声を荒らげた。

「君は黙っていろ。天道君、君だったらどうなんだ?」

「私だったら、ですか?」

「君の部下たちに、なんと言って出撃させるんだ?」

「結論から申し上げれば、『我が国の国家理念を貫くため』です。これ以外のはずがないのです。なぜなら軍事作戦は、国家がその発動を決意し、国家がその発動を命じて初めて行われるものだからです。だからその目的とするところは、国家が存在する理由、すなわち国家理念を貫くため以外であってはならないのです。しかし、しかし本当に……」

その切れ長な目で手代木を正視しながら話していた天道が、一瞬黙り、葛田に視線を移した。

「本当に我々が確認させていただきたいのは、そこに強い意志が存在するかどうかなんです。共通の国家理念を追い求めている同志、同胞たる自国民が連れ去られたのだから、何がなんでも取り戻す。ソロバン勘定とは別次元、いかなる犠牲を払ってでも救い出す。その強い意志を総理ご自身がお持ちで、だから我々に〝行って来い〟と命じていらっしゃるのかどうかです」

葛田は不安でいっぱいな表情なのに反し、手代木の目は爛々《らんらん》と光り、何か自信さえもみなぎり始めた。

「首相、どうしたんです。我々には強い意志があるじゃないですか。だからここまでしているんですよ。自国民を何がなんでも救出する。言ってください。そうすれば、必ず奪還してみせると二人が言っているんです。信じましょう。委《ゆだ》ねましょう」

堪《たま》りかねた葛田は、手代木の耳元でささやいた。

「いいのかこれで」

「パーフェクトだ。ウグイスは、十分に鳴いてくれた。『君たちを信じる』と言ってくれ」

葛田は、まるで自分が決断したかのようにきっぱりと言った。

「わかった。君たちを信じよう。共通の国家理念を追い求める同志、同胞たる自国民を見殺しにはしない。なぜなら、それこそが国家理念だからだ」


その日のうちに、作戦内容は極秘文書として関係部隊に配布された。

翌日、X日は8月14日、X時は3時30分と決められた。月齢や潮汐《ちょうせき》より、とにかく天候、台風の影響が大きくなる直前というタイミングを優先して決定された。

江田島の特別警備隊には、潜水艦隊司令部から正式に連絡があった。使用する潜水艦は、第1潜水隊群第5潜水隊所属「うんりゅう」及び「はくりゅう」。呉市にある潜水艦基地からの出港は、8月11日8時。特別警備隊員及び水中スクーターの搭載は、5時間前の3時。人目を避けるため、深夜に実施することとなった。

8月11日0時、出撃する特別警備隊員20名と隊長の久遠、副長の山崎は作戦室に集合した。最終作戦会議を行うためである。

20名は、第1小隊長と9名の第1小隊員、第3小隊長の藤井と9名の第3小隊員であった。第1小隊長の堀内龍介《ほりうちりゅうすけ》（1尉《い》・35歳）は特警隊2期生で性格は冷静、小柄ながら落ち着いた態度で機転が利《き》き、若手からの信頼が厚い。

十数名の隊員がいる第3小隊からの人選は、チーフの黒沼が行った。藤井も隊員の能力から性格、家族構成までを熟知していたが、命を失う可能性が低くない作戦に誰を行かせるべきかは、彼らにより近い立場の黒沼に任せた方がいいと判断した。

中央のラージ・スクリーンに、これより向かうムスダンリにある対空砲基地と監視所の衛星写真が映し出されている。馬蹄形《ばていけい》のテーブル中央の隊長席に久遠、左隣の副長席に山崎、右隣に藤井が座っていた。副長が隊長に会議の開始を告げ、藤井に目配せした。ゆっくり頷いてから立ち上がった藤井は、隊長と副長の後ろを通って、作戦室左隅にある演台へ移動した。演台上に置かれたパソコンのリターン・キーを押すと、先ほどから映っていたムスダンリの衛星写真が縮小され、ジョイント・タスク・フォース1が向かう6名の拉致被害者がいる施設との位置関係がわかるようになった。

レーザー・ポインターを手にした藤井が、挨拶《あいさつ》抜きで説明し始めた。

「ここがジョイント・タスク・フォース1、要するに特殊作戦群が主作戦を実施する場所だ。ムスダンリ中心部から8キロ北西、タムデ川に隣接している。我々は特戦群が仕事をしやすいようにするため、ここから7キロ離れている対空砲基地及び監視所を無力化する」

19名の隊員たちはメモ台付きの折り畳み椅子《いす》に座っていたが、メモをとっている者はいない。この部隊に話を書きとる習慣はない。すべて記憶するのだ。

　黙って座っているだけのように見えても、スクリーンに映っている衛星写真の画像を右脳にイメージとして貼《は》り付け、藤井の言葉を左脳にロジックとして残そうと、頭をフル回転させている。それを可能にしているのは、特殊部隊員であれば全員が実施しているKIM（キープ・イン・メモリー）トレーニングの成果だ。作戦行動で持って行った地図や命令書などが敵の手に渡れば、こちらの予定行動がすべて把握され、全滅させられてしまう。だから、原則として記憶だけで出撃する。

「第1小隊10名は『うんりゅう』に、第3小隊10名は『はくりゅう』に乗る。上陸ポイントの沖合4マイル（約7キロ）で潜水艦は浮上、我々はそこで潜水艦を降り、水中スクーターと特殊潜水器で上陸ポイントに向かう。上陸ポイント手前の水深3メートルの場所からは、通常の上陸手続き通りだ。スクーター、潜水器は水中に隠匿《いんとく》しろ」

　作戦の詳細を藤井は一気に説明した。

「最初に上陸するのは、第3小隊の俺、スタッド（黒沼）、アグレッサー（嵐）だ。マリタイム・スカウティング（洋上から敵の状況や地形などを探る斥候活動）を行い、半径50メートルの安全化が図れたら、我々以外の第3小隊員7名を呼ぶ。10名全員が上陸し、安全圏の半径を200メートルに広げたら、第1小隊を呼ぶ。第1小隊は一斉に上がって来い。上がったらそのまま監視所の北東に隣接する対空砲基地に行け。対空砲基地内から電気を消滅させろ。外からの電力供給を破壊し、非常発電機すべてを爆破しろ。この時間が03・15(マルサンヒトゴウ)。『いずも』からヘリが発艦する時刻だ。1秒早くても遅くても意味がない。きっかりに破壊完了しろ」

ここで藤井は二呼吸ほど待った。各自が脳に、この重要な時刻を書き込む時間だ。

「厄介なのはここから先だ。監視所で待機している北朝鮮軍が何人なのかわかっていない。対空砲基地の破壊活動が始まれば飛び起きるだろうし、それから10分もすればヘリのローター音が聞こえて、特殊作戦群の行動も明らかになる。まあ、出たとこ勝負しかない。とにかく我々のミッションは支作戦だ。特戦群の主作戦を邪魔しようとする奴らを潰《つぶ》す」

作戦説明をしながら、藤井は隊員たちの表情が意外と柔らかいのを感じていた。

「一件質問よろしいでしょうか？」

一番若い谷口《たにぐち》が手を挙げた。

「なんだ？」

「はい。捕獲されたらどうなりますか？　捕虜になってしまったらどうなりますか？」

藤井は驚いた表情で谷口を見た。

「捕虜？　お前、何期だっけ？」

「5期です」

「5期にもちゃんと教えてあるはずだ。自衛官は、捕虜にはならない。なれないんだよ。日本に軍隊はないと憲法で宣言しているよな。だから軍人は存在しない。軍人じゃない人間は捕虜にはなれない。ジュネーブ条約だの何だので規定してある捕虜の権利は一切認められない。それが自衛官だ」

谷口の目が泳ぎ始めた。

「軍人は、自国が定めた軍法で権利と義務が規定され、それによって裁かれる。一般の人とは異なる。当たり前だろ、国家は殺害を命じることもあるんだからな。我が国に軍法が存在しない以上、俺たちは、作戦行動中に起きたことであっても、他国の法律でまったく一般の人と同じように裁かれる。祖国からの命令だろうがなんだろうが、関係ない。ただの殺人者として扱われる。

谷口、タクシーの話をしただろ」

「タクシー?」

「そうだよ。タクシーに乗って、ドライバーに『急いでください』と言ったとする。スピード違反で捕まることを覚悟して飛ばしてくれるドライバーなんて、そうそういるもんじゃないよな。なぜかって、捕まったらドライバーだけが罰せられるからだよ。これが軍隊の車両で、上官がドライバーに『急げ』と言ったら、全力で急ぐよな。そうじゃなきゃ命令不服従で罰せられる。で、『急げ』と指示した上官はスピード違反の罪に問われるけど、ドライバーは罪に問われない。これが軍法だ。軍の内部の命令に従わなかった場合は罰則があり、命令に従ったのであれば罪に問われない。だから、『急げ』という指示が、タクシーの場合とはまるで違うわけだ。人間を殺害する場面においても同じだ」

藤井は、一呼吸して隊員の表情を確認した。

「この軍法がないというのは、とんでもない話なんだ。別の視点で見れば、日本は恐ろしい国だよ。当の本人には軍人としての権利を放棄させているが、同時に義務を規定していないんだからな。国家レベルで軍事訓練を受け、国家予算レベルの武器を持った者が、規律なく行動するかもしれないんだからな」

藤井は、谷口が混乱していることがわかっていた。

「俺たちは軍人としての権利は主張できず、命令に従うという義務のみを果たさなければならない。それが俺たち自衛官の宿命だ。こういうの、俺は嫌いじゃねえ。お前らも嫌いなはずがない。実戦が初めての者も結構いるのに、みんな落ち着いてる。ちょうどいい緊張感だ。いい顔してるよ。今までどんだけ痛い思いをしたか、苦しい思いをしたか、どんだけ血を流したか、思い出せ。心配すんな。俺たちが行って失敗したとすれば、この世の誰が行ったって成功はできねえ。それだけは間違いない。時間はまだまだある。潜水艦には丸3日乗っているからな。作戦の細部は小隊内でじっくり詰めろ」

隊員たちの緊張がさらに解けたところで、藤井は最後の注意事項を説明した。

「潜水艦内ではいかなるトレーニングも禁止だ。本日18：00（ヒトハチマルマル）の訓練終了時点で、お前たちの身体《からだ》は、オールアウト状態、完全に疲弊し切っている。あえて過剰な訓練量を組んだからだ。潜水艦での3日間を完全休養に充《あ》てることで、疲弊したお前たちの身体は回復していき、3日後の作戦開始のタイミングで体調が頂点になる。潜水艦内では特別にカーボ・ローディング食を提供してもらうことになっている。出てくるのは炭水化物ばかりだ。そこでの食事はエネルギー源を筋肉中に最大限蓄積するための作業だ。ひたすら食べて寝る。それに徹しろ。10分後にトラックで出発する」

一拍おいて加えた。

「隊長、何かありますか？」

最後に振られた久遠は、隊員の士気を奮い立たせるのが自分の仕事だと気負って話をし始めたが、聞いている者はいなかった。


呉の潜水艦桟橋前に、大型バスと幌《ほろ》付きトラックが停まったのは午前3時だった。バスから20名の隊員が降りて、トラックに積んである大量のペリカン・ケースを潜水艦に搭載していった。各人のコールサインがケース上に書かれていて、自分の使用する武器、弾薬、特殊潜水器が、それぞれ格納されていた。水中スクーターだけは、ハッチを通せないので艦内に入れることができず、係留用ロープを入れる甲板下の倉庫に格納された。すべてが流れるように動き、荷物も人も一度として止まることなく、あっと言う間に潜水艦内に収まった。15分で作業を終えた特別警備隊員は、10名ずつそれぞれ「うんりゅう」「はくりゅう」の艦内へ消えていった。

潜水艦に初めて入った者がまず驚くのは、廊下に相当するスペースがないことだ。どこへ行くにもどこかの部屋を通らねばならない。「はくりゅう」に乗った第3小隊の隊員たちが案内された部屋は、魚雷発射管室という船体最前部の区画だった。隊員以外の者が通過することはほとんどない。奥には、魚雷発射管が見える。

左右には濃い緑色のカーテンがかけられ、その奥に三段ベッドがあった。ベッドの幅と高さは共に約50センチで、ぎりぎり寝返りを打てる程度だ。

次にトイレに案内され、流す際のバルブの使い方を教わった。食堂とトイレ以外には出歩かないことと、あちこちにあるバルブ等を絶対に触らないこと。艦内生活の注意点を聞いて隊員たちが眠りに就いたのは、4時少し前だった。

05：55になると、艦内スピーカーから「総員起こし5分前」、6時ちょうどには「総員起こし」という号令が流れた。自衛隊では陸海空どこの部隊でも同じ朝の始まり方だが、夜間訓練がメインの特別警備隊には一斉起床の習慣がない。そのため、隊員たちは2時間ほどしか眠れなかったが、睡眠不足の辛《つら》さより、特殊部隊に入る前の懐《なつ》かしさで目が覚めた。

素早く洗面を済ますと、朝食をとりに食堂へ向かう。藤井だけが幹部なので士官室に、他の隊員たちは一般隊員用の食堂に入った。

士官室には長方形のテーブルが1つだけある。長辺に4人が座ると互いの肩が触れ合うほど狭い。通常、士官室は幹部が会議やデスク・ワークを行う事務室として使われているが、食事時にはテーブル・カバーがかけられて幹部専用の食堂となる。

藤井が士官室に入ると、白い割烹着《かっぽうぎ》のような服を着た若い隊員が給仕の準備をしていた。この士官室係は、階級も年齢も低い隊員で、幹部の給仕や食器の洗浄などを行う。藤井も海上自衛隊に入隊してまもない頃は、水上艦艇で同様の仕事をしていた。

士官室係は見慣れない顔に一瞬戸惑ったが、すぐに藤井の立場を理解した。

「おはようございます。特殊部隊の方のお席はこちらです」

と言って、艦長の座る奥の席の隣になる長辺の角を指差した。藤井の正面の長辺角にはこの艦の副長が座るのだろう。このテーブルは、先任順で着席の位置が決まっている。特に艦長の席は絶対で、たとえ防衛大臣が来ようともそこは譲らない。

藤井が一人で食事をしていると、次々と幹部たちがやって来て、簡単に自己紹介をしてから着席し、急いで食べ終わると、忙しそうに出て行った。藤井の正面に座っている副長だけが、ゆっくり藤井と会話をしながら食事をしていた。

「艦長は、まもなくこちらに来るでしょう。こういう特殊な出港の場合、幹部は前日から泊まります。07:00（マルナナマルマル）からここで出港前ブリーフィングが始まりますので、バタバタしますが、藤井さんはゆっくりされてください。うちの艦長はいいですよ。明るいし、艦長として2隻目の潜水艦だから安心です。私が知るドンガメの中ではピカイチです」

ドンガメとは、潜水艦もしくは潜水艦乗りのことを意味する海軍用語だ。蔑称《べっしょう》ではない。副長のように自称する者もたくさんいる。

藤井と副長が食後のコーヒーを飲んでいると、艦長の山瀬《やませ》健《けん》が入ってきた。藤井が立ち上がって挨拶をしようとすると、山瀬はすぐに右手を差し出し、藤井に着席を促して自分も座った。

「ようこそいらっしゃいました。この艦を出撃してからが大勝負でしょう。それまではゆっくり体力を温存していただかないとね。あいにく寛《くつろ》ぐようには造られていませんが、ご希望はなんでもおっしゃってください」

「ありがとうございます。食事もわがままを申しましてすいません」

「聞きましたよ。筋肉内にグリコーゲンを蓄積させるために炭水化物を大量摂取するんですってね。うちの乗員には肥満を気にして炭水化物を我慢している者がいるのに、おもしろいですね。わがままっておっしゃるけど、調理員にしてみればなんでもないらしいです。うどん、スパゲッティ、米を出せばいいだけだ、って言ってました。たくさん食べてください」

山瀬は、初対面の藤井にもフレンドリーで、相手への気配りをさりげなく会話の中に入れこむ聡明《そうめい》さを感じさせる人物だった。このゆとりのある態度は、潜水艦乗りとしての自信からだと、藤井は思った。

山瀬が朝食を終えてコーヒーを飲み出すと、テーブル・カバーが外され、士官室の雰囲気がガラリと変わった。気を張った面持ちの幹部たちが一人また一人と入ってきて、あっと言う間に士官室は満席になった。

予定の7時から、出港前ブリーフィングが副長の司会進行で行われた。出港時の手続きや、瀬戸内海の航行要領、関門海峡の通峡計画など、すべての作業の最終確認だった。山瀬は穏やかに全体の様子を眺めていたが、天候の説明になると急に表情を険しくさせた。

「艦長、お願い致します」

すべての確認項目を終えた副長が艦長に振った。

「気になるのは、作戦地域の天候だけだ。この作戦の目的、意義については、前回の研究会で説明した通り。奪われた自国民を取り戻すという、国家が国家であるための作戦だ。全力でやる。ただし、だ。特警隊の指揮官がここにおられるが、あえて言う。特警隊員の何名かは帰って来られないかもしれない。彼らはそれを覚悟して出撃する。しかし、『はくりゅう』は必ず全員で帰って来る。それも我々の大切な任務だ。以上」

その瞬間、艦内に号令が響いた。

「出港準備」

藤井が腕時計を見ると、7時30分ちょうどだった。すべての幹部が、蜘蛛《くも》の子を散らすように出て行き、士官室はすぐに山瀬と藤井だけになった。山瀬が静かに口を開いた。

「先ほどは、失礼なことを言ったかもしれません」

「いや、当たり前のことです。職種の違いです。就いている仕事が別なのですから。それより、いいですね、潜水艦は。私は特殊部隊ができるまでは船乗りだったんですが、よっぽど潜水艦の方が好きです。緊張感があるというか、プロフェッショナリズムを感じる。みんな自分の仕事に誇りを持っていますよね。見ていて気持ちがいいです」

「そうですか。そういう意味ではそちらの方が上でしょうけれど」

「航海当番、配置に就け」

再び艦内に号令が流れた。

「私はそろそろ艦橋に上がります。いらっしゃいますか？」

「いや、非常に興味はあるんですが、皆さんのような白い服の中に、濃紺の突入服は目立ちすぎますので我慢します。帰りに見せてください。帰って来られたら、ですがね」

山瀬は黙ってゆっくり頷《うなず》き、士官室を出て行った。

潜水艦の船体は、直径約10メートル、長さ約85メートル、巨大な葉巻のような形状だ。その船体の上部に、空気を取り入れたり排気ガスを出したりする煙突や、水面監視の潜望鏡を格納するためのセイルというでっぱりがある。

セイル最頂部の前部は艦橋と呼ばれる吹きさらしのスペースで、水上航行の際には、艦長、哨戒長《しょうかいちょう》（幹部数名が指名され交代で任務に就く）、見張り員などの運航関係者が、ここで潜水艦をコントロールする。潜没航行に移行する際には、ここからセイル昇降筒内の煙突に取り付けられた梯子《はしご》のような長い垂直ラッタルを6メートルあまり下って、発令所に移動しなければならない。

山瀬は垂直ラッタルを登っていった。水上航行時は開放されている発令所ハッチと艦橋ハッチを通過し、艦橋スペースに上がるとき、「艦長上がられます。気をつけ」と号令がかかった。

艦長からすべての権限を委任されている哨戒長が、席に着いた山瀬に双眼鏡を手渡した。

副長の無線での指示により、2隻の小型のタグボートが潜水艦を岸壁から離すために、真横に引っぱり出した。潜水艦は自力では真横には動けないのである。岸壁と潜水艦との距離が約10メートルになると、山瀬は岸壁に向かって敬礼をした。見送りのため岸壁に来ていた群司令、隊司令に対してだ。

「群司令、出港します。出港用意！」

山瀬が岸壁にまで聞こえる声で号令をかけると、潜水艦が音もなく進み始めた。潜水艦の上甲板には、オレンジ色のライフ・ジャケットを着けた乗員たちが整列していた。

藤井たちはとにかく寝た。潜水艦「はくりゅう」の出港直後から正午の昼食まで、昼食を食べてから18時の夕食まで、食事の時間以外は全員が熟睡した。

士官室で藤井が夕食をとっていると、山瀬艦長が入って来た。藤井の前にだけ、特盛のそうめんを入れたボウルがある。それを見た山瀬が、にっこりして藤井に話しかけた。

「人間は食い溜《だ》めができるんですね？」

「そうなんです。食い溜めだけじゃなくて、寝溜めもできる気がします。出港してから寝っぱなしなのに、まだ眠れますから。乗員の皆さんには申し訳ないんですけど……」

「いやいや、それより私のこれ食べてもらえませんか、最近、腹が出てきてですね」

山瀬は自分の皿から大きなエビフライを1本、藤井の皿に移した。

「恐れいります。これはうちのチーフの好物でしてね。今晩のメニューを喜んでいるでしょう」

「隊員の食べ物の好みまで知っているんですか。副長、私の好物を知ってるかい？」

藤井の正面でエビフライを頬張っていた副長は、左手で口を押さえながら答えた。

「すいません。そこまでは……」

「そうだよな。私も副長どころか、誰の好物も知らないよ。たまたまではないわけでしょう？」

「大げさではなく、何でも知ってます。中学生の時の親友、高校の時の担任の名前、初めて買った車、結婚していれば奥さんや子供の名前、独身なら彼女の仕事……。彼らも私のこと、何でも知っていますしね」

「調べるわけでも、書いたのをみんなで覚え合うわけでもないでしょう？」

「よくしゃべるからですね。一緒にいる時間が長くて、食事もほとんど隊員の誰かととりますし、隊員同士で酒もよく飲みます。飲み食いの時の雑談内容が頭に残っているんです。人としてお互いが興味を持って付き合っているから、どうでもいいことでも訊《き》きますし、そういうことが積み重なって互いの人となりを理解しているのだと思います」

「へえ、そんなもんか。じゃあ、相手の考えていることが聞かなくてもわかったりする？」

「はい、わかります。今、何に困っているのか、私に何を求めているのか、感じ取れます」

「ほお、夫婦以上だね」

「そりゃそうですよ。夫婦は一緒に生きるんでしょうが、我々は一緒に死ぬんですから」

話が生々しくなってきたところで、山瀬は話題を変えた。

「20:30（フタマルサンマル）が、関門の通峡時刻です。もう暗いから目立たないでしょう。艦橋に来ますか？」

「是非。関門はイージスの航海長の時に3回通りましたが、その時は舵取《かじと》りに必死で景色を楽しむどころじゃありませんでした。今日通ったら、見え方もまるで違うでしよう。潜水艦の操艦の仕方にも興味がありますし、お願いします」

「20：00（フタマルマルマル）位に発令所に来てください」

藤井が発令所に行くと、「はくりゅう」は関門海峡航路の3マイル（約6キロ）手前で「航海保安」という特別な艦内態勢をとっていた。操艦者を航海長たる副長（副長兼航海長）に替え、艦橋に見張り員が増員されるところだった。

副長、艦長に続いて上がった艦橋は、天井も壁もなく、視界が360度開けている。スペースが狭いため、藤井は自衛艦旗の旗竿《はたざお》に安全ベルトのフックをかけ、セイル中央、山瀬の左側に立った。夜の潮風に吹きさらされると、真夏でも寒さを覚えるほどだ。深呼吸をすると、新鮮な空気に身体が浄化されていく気がした。

航路が狭い関門海峡には、航路のど真ん中にいると、別々のふたつのライトが上下一線に見えるように導灯が設置されている。その明かりを目安に、潮の流れや風によって左右に振られる傾向を見て、航海長が丁寧に舵を取っていく。

左手の九州側の陸地には、昭和の香りを残したレトロな雰囲気の建物がある。比して、右手の本州側には大きなホテルが林立しており、味気ない。関門海峡から見た風景が左と右でこんなにも違うことを藤井は初めて知った。

潜水艦は海峡の最狭部である関門橋の真下を通過した。海上から見上げると、そこを走る車によって人や物資が滑らかに輸送されていることをあらためて知った。橋もトンネルもなかった時代は、海を渡るためにすべての物流がここで一旦《いったん》停止した。だからこそ、下関も門司も賑《にぎ》やかだったのだ。

艦が進み、六連島《むつれじま》を左に見る頃、「水道を出た。航海保安用具収め」という号令が流れた。関門海峡航路を通過し終え、航海保安を解いた。

藤井は山瀬に続いて艦橋を降り、そのまま士官室へ行った。士官室では山瀬が、ポットから藤井の分もコーヒーをついでくれていた。

「およそ1時間半後、潜航状態に入ります。完全に潜ってしまえば他の船にぶつかることはないので安心ですが、それまでが結構危険なんです。今からが一番緊張しますね」

「関門を抜けてからが危険……。どうしてです？」

「この付近はまだ船舶が輻輳《ふくそう》、寄り集まっていますよね。そんな場所で、夜間にレーダーを止めるからです。今回は航海灯も消します」

コーヒーを飲みながらまだ解《げ》せない顔をしている藤井に、山瀬が説明を続けた。

「レーダーや航海灯を消すのは、潜った場所を特定されたくないからです。レーダーから出る電波を探す逆探装置を搭載している航空機、艦艇はたくさんいますからね。誰にも知られないように忽然《こつぜん》と消えてこその潜水艦なんです。発見されないようにするということは、向こうからこっちが見えない、こっちも向こうを見つけにくい。衝突する可能性は高まります」

納得した藤井は無言で頷いた。

「潜航作業も面白いと思いますよ。1時間後に発令所に来られたらいい」

「はい、是非」

「艦橋、片付け終わりました」

運航指揮に使った簡易型の対勢表示器（ET：自艦と他の船舶の対勢を表す装置）や通信用のヘッドセット、自衛艦旗を掲げていた旗竿など、潜航後は不要となる機材を手際《てぎわ》よく格納し、航海科員が艦内に戻ってきた。これで吹きさらしの艦橋には哨戒長と見張り員の2名しかいない。

発令所の潜航管制員が艦橋の哨戒長に報告した。

「艦橋、こちら発令所、艦内潜航用意よし」

「艦橋了解、艦橋2名、潜航用意よし」

山瀬が短く力強い声で命令を発した。

「間もなく潜航する」

それは艦内放送として艦内に響いた。

「間もなく潜航する」

復唱された艦内放送を聞いた山瀬は再び命令した。

「潜航せよ」

それも艦内放送として流れた。

「潜航、潜航」

放送を聞いて操舵《そうだ》員《いん》は、前進微速から前進強速に切り替え、潜舵と後舵を下舵《しもかじ》一杯にした。

艦橋から発令所に降りてきた哨戒長が山瀬に報告した。

「艦長、全周近づく目標ありません。視認目標は左艦尾、遠対勢7000ヤード（約6キロ）の目標のみです。うねりは左50度から、この針路で潜入します」

「了解、潜入せよ」

山瀬が命令すると、哨戒長が間髪を入れずに号令を発した。

「ベント開け！」

潜望鏡を覗きながら、哨戒長は深度を命令した。

「左右傾斜なし、深さ18」

航行していた鉄の塊《かたまり》が、忽然と海中へ姿を消す。


「はくりゅう」が海中に姿を消してから24時間が過ぎようとしていた。藤井が士官室に一人でいると山瀬が入ってきた。

「どうです。揺れないでしょ。潜水艦は水上ではゴロンゴロンと揺れるんですがね、潜ってしまえば揺れません。だからドンガメには、船酔いに弱い者もいますよ」

「確かに揺れませんね」

突然、士官室にあるスピーカーから声が流れてきた。

「士官室、(こちら)発令所、哨戒長から艦長へ」

山瀬はすぐに答えた。

「はい艦長、送話」

「N(北)方向本艦の右30度に水上艦艇のものとみられる探信音(アクティブ・ソナー音)探知、感1《ヒト》、現在分離できている目標は3目標。戦闘艦艇が3隻《せき》以上、補給艦も存在している可能性があります。音圧レベルから、推定距離15マイル(約28キロ)。方位変化ほとんどありません」

「艦長了解、そちらに行く」

山瀬は、にっこりしながら藤井に言った。

「ややこしいのが来ましたね。北から来てますからパンダ（中国海軍）ではない。まあ熊《くま》（ロシア海軍）でしょうね。しかし、台風が近づいているというのになんでしょう。発令所に来られますか？」

「はい。見たいです」

山瀬は、発令所に入るとすぐに哨戒長に指示をした。

「哨戒長、本ミッションでは、特警さんを作戦ポイントに無事送り届けるまで、水中にいる我々の存在を感じさせるわけにはいかない。人員を増強する。現直（現在の立直員）に加え、ソナー、電測、ＥＴ（立直中、対勢表示器により移動方向を解析する職種を指す）の各員長を配置に就けるよう、指示してくれ」

山瀬は、静かにゆっくりと、そして丁寧に指示をしたが、発令所の空気は一気に張り詰めた。

それを聞いていた発令所の先任海曹（階級が一番上の下士官）である潜航管制員は、直ちにＣＰＯ（チーフ・ペティ・オフィサー：上級下士官）室に連絡した。

藤井は、ゆっくりと首を縦に3回振りながら独り言を言った。

「これがドンガメの世界か……」

山瀬が哨戒長に「指示しろ」ではなく「指示してくれ」と言ったのも意外だったし、下士官が士官からの指示なく行動したことも意外だったからだ。藤井が特殊部隊以前にいた水上艦艇の世界では「指示しろ」と命令するし、下士官が勝手に行動することはない。

発令所は、静寂と緊張感に包まれていた。聞こえて来るのは、立直員の僅《わず》かな呼吸音だけだ。あっと言う間に5分が過ぎた。

発令所内にあるソナー表示装置を操作員の背中越しに監視していたソナー員長が報告した。

「複数の探信音は、概略方位350度方向、音圧レベルは徐々に上がる傾向。全体的に方位僅かに左に変わる（探信音が聞こえてくる相対方位が左に変化してきている）。ソナーの探知状況から、艦艇群の移動方向はSSW（サーサーウエスト：南南西）」

「了解。ET長、対勢画面では？」

哨戒長はソナー員長からの報告を受けると、ET員の先任者に確認した。

「解析上も移動方向はＳＳＷ」

ベテランのＥＴ長がすぐさま答えた。それを聞いて哨戒長は山瀬に報告した。

「艦長、方位変化左、音圧レベル上がる傾向、これらの目標群は、ロシア艦艇群であると判断します。艦艇群は補給艦を含めおそらく５隻。今後、対馬海峡、東シナ海経由、南シナ海の各国を誇示目的で訪問する部隊で間違いないでしょう」

「そうだな。しかし、これから本格的に荒れてくるというのに、まったくご苦労なこったな。ただ、こんな海上模様の中、まともに潜水艦を捜しながら日本海をトランシット（航行）しているとは考えにくいが、被探知防止に万全を期すため、ＣＰＡ（最接近距離）１００００ヤード（約９・１キロ）以上は離しておきたいところだ。とはいえ、上甲板の特警隊器材（水中スクーター）を壊すわけにはいかないから、離隔のためいたずらに高速も使えない。よし、目標の的針線（ロシア艦隊の針路上）にこれ以上近接せぬよう、反航対勢（相手の針路上を横切るのではなく、真逆の針路をとる）とし、引き続き層深下（海面近くの暖かい海水と深海の冷たい海水の境界より下。この下にいる潜水艦は水上艦艇に探知されにくい）を航行するぞ、哨戒長。ＥＴ長、今仮に真北に向けたらＣＰＡはどうなる？」

「６５００［ヤード］（約５・９キロ）です」

ＥＴ長が答えると、

「作図上も６５００」

電測長（発令所内の各種作業に関し、哨戒長を補佐する電測員の長）がダブル・チェックした。

「６５００か……。１００００離したいところだが、８０００（約７・３キロ）でいいだろう。哨戒長、ＣＰＡ８０００でかわす針路にしてくれ。また、近対勢（相手がこちらに近づいてくる対勢）、距離１００００から、ＣＰＡを過ぎて、９０００（約８・２キロ）になるまでの間は、アスペクト（相手から見た潜水艦の断面積）を最小とするため、艦艇群に対し向首ホバリング状態（相手を潜水艦の前方に捉えたままにするため、その場で旋回すること）とし、目標群を航過させてくれ」

艦長の指示を聞きつつ、浅瀬や暗岩が変針方向にないことを海図上で確認していた哨戒長は、

「了解しました」

と言うと、補佐をする若い士官に指示をした。

「哨戒長付、ＮＮＥ（ノー・ノー・イースト：北北東）に向けるぞ。ＣＰＡを８０００でかわすリコメンド・コース（ロシア艦隊との最接近距離を７・３キロにするには、潜水艦の針路を何度にすべきかを計算して報告せよ、という意味）、そしてこの避航でロスする時間を考慮したＳＯＡ（スピード・オブ・アベレージ：平均速力）を知らせ（ロシア艦隊に探知されないための針路変更によってロスが発生しているので、予定時刻に予定ポイントに到着するには平均速力を何ノット増速しなければならないかを算出せよ、という意味）」と指示した。

「了解しました」

「リコメンド・コース０１０度、残ＳＯＡは……」

哨戒長付がようやく板についてきた若い士官は、自分の算出結果がET長と電測長の算出結果と同じであることを確認してから報告した。

「了解。ソナー員長、探信音の感度変化、変針の兆候に注意！」

哨戒長は、一通り必要な指示を与えた。

それを見ていた山瀬は、安心した様子で発令所の副長に声をかけた。

「副長、私はいったん士官室に戻る。安全に避航を完了したら、増強した配員を通常の状態に戻してくれ」

「了解しました」

山瀬は、後ろにいた藤井の方を振り向いた。

「ご心配なく。水に浮かんでいる連中（水上艦艇）なんぞに探知される『はくりゅう』ではありません。ちゃんと送り届けますので」

「ありがとうございます。よく訓練されてますね。やりたいことが手に取るようにわかって、見てて気持ちが良かったです」

「そうですか。当然なんです。我々が本来求められるのは、探知されるというリスクを掻《か》いくぐって艦艇群に攻撃を行うことですから。今回のようにただかわすことなど、容易《たやす》いといえば容易いですからね」

士官室に入ると、艦長席には、コーヒーとおしぼりが用意されていた。

潜水艦に乗り込んでから2日と21時間弱。寝て、食べて、寝て、を繰り返してきた藤井たちは、艦内での最後の食事をとっていた。深夜0時の夜食で、メニューは「肉入り冷やしうどん」だった。

山瀬が、うどんを頬張っている藤井に話しかけた。

「いよいよですね」

「はい。これを食べたら、ウエットスーツに着替え、装備品を身に着けます」

「天候はギリギリです。本当にギリギリで、浮上できるかどうかの瀬戸際です」

藤井は一瞬笑顔を見せた後、山瀬を睨《にら》むようにして言った。

「我々には理想的です」

潜水艦浮上ポイントであるムスダンリ沖4マイル（約7キロ）の海上は、台風12号の影響で荒れ始めていた。秒速10メートルの風と横殴りの雨が台風の接近を語っていた。

「はくりゅう」はまだ深海にいた。水深100メートルの世界は悪天候とは一切無縁で、その暗い海中を10ノット（時速約19キロ）で滑るように電池航走中だ。

水上航行中であろうと潜航中であろうと、潜水艦は蓄電池でモーターを回転させて推進力を得る。ディーゼル・エンジンも搭載しているが、それは推進力を得るためではなく、蓄電池に充電するための発電機としてだ。

窓がない潜水艦は、航行海域の日出没時刻に合わせ、照明を切り替えて、艦内に昼夜を作りだす。人間の体内時計を狂わせないため、深夜帯の現在は、遮光《しゃこう》された赤いライトが艦内を僅かに照らすのみだ。

魚雷発射管室では、潜水艦乗員とはまったく異なる目つき、顔つき、身体つきをした特殊部隊員9名が、出撃の準備を完了し待機していた。

彼らはダイビングやサーフィンで使用する厚さ3ミリの一般的なウエットスーツを着ていた。そこにはオーシャン・カモフラージュという、黒をベースにした銀の不規則な模様がほどこされている。海上自衛隊の特殊部隊独特の模様だ。

ダイビング・マスクを被《かぶ》った彼らの顔もまた、耐水性のフェイス・ペイントでオーシャン・カモフラージュに塗布されている。ペイントされた顔面でギョロリと光る目は、それだけが別の生き物のようだ。

夜間視力を高めるための訓練を受けていると、暗夜であっても夕方とほぼ同様にものが見える。ただし、そのためには30分以上暗闇《くらやみ》で、瞳孔《どうこう》を完全に開けておく必要があった。完全に消灯された発射管室の闇の中で、瞳孔が完全に開いた目が18個、うごめいていた。

特殊部隊員は全員こめかみに、骨に振動を伝え直接内耳に届かせる骨伝導のマイク兼スピーカーを付けていた。耳を開放しておく必要があるからだ。そこから、藤井の小さいけれどもはっきりとした声が聞こえた。

「出撃5分前、垂直ラッタルにつけ。マインド・セット・イエロー」

運航関係者が艦橋から降りてくる垂直ラッタルは、特殊部隊員のいる魚雷発射管室に通じている。

マインド・セットとは、特殊部隊員の精神状態のことだ。作戦行動中は常にイエロー、戦闘が開始されるとレッドになる。イエローとレッドの間は、各隊員が自分で切り替える。通常状態のグリーンとイエローの切り替えは、作戦の推移や今後の展望を把握している指揮官の命令によって行われる。

「マインド・セット・イエロー」の命令により、全員が軽く目をつぶった。そして、4秒かけて口から息を吸い、6秒かけて口から吐く、特殊潜水器を装着した時の腹式呼吸に変えた。

呼吸のリズムは徐々に一致し、1分を過ぎる頃には全員が同時に息を吸い吐いていた。寸分違《たが》わぬ呼吸のリズムが確立すると、全員が一種のトランス状態に入る。こうなると呼吸だけではなく意識も一致して、視覚や音波を介さずに思いを伝え合うテレパシーのような意思疎通《そつう》ツールを全員が手にしたようなものだ。

「マインド・セット・イエロー完成」

全員の呼吸のリズムが一致したことを感じ取ったチーフの黒沼が、隣の区画の発令所にいる藤井に無線で報告した。

弱く赤い光しかない発令所には、山瀬をはじめとする潜水艦の乗員の中に、ウエットスーツ姿の者が一人いた。完全武装した藤井である。藤井は少しでも瞳孔を開けるためにサングラスをし、さらに利き目をつぶっていた。

山瀬も藤井も、気にしていたのは海面状況だった。特殊部隊としては、天候が悪ければ悪いほど敵から探知される可能性が下がるので有利と考える。一方、潜水艦とすれば、天候があまりにも悪いと浮上しての運用作業が不可能になり、特殊部隊員を艦外へ出すことができない。

だから、この作戦の最初の難関は天候だった。気象庁をはじめ、海上自衛隊、航空自衛隊、米軍の気象予察チームからの情報すべてを活用、この日の深夜こそが特殊部隊の要求水準で潜水艦の浮上が可能となる理想的な天候と予想し、作戦が発動された。潜水艦が浮上するか否《いな》かの最終的な現場判断は艦長に委《ゆだ》ねられているが、山瀬は迷っていた。自分が育て上げてきた「はくりゅう」の乗員の技術でも、ギリギリの天候だからだ。荒れた海面に浮上してハッチを開けるということは、海水が入れば沈没するしかない潜水艦にとって、極めて恐ろしい行為だ。山瀬にしてみれば、相手が潜水艦であればどこの国であっても負ける気はしない。だが、相手が自然となると話は別だ。どんなに高い技術を持っていようと、どんなに巧みな戦術を用いようと、どれほど勇敢に戦おうと、人間は絶対に自然には勝てない。

藤井が山瀬に「出撃準備完了しました」と言うと、山瀬は藤井の目を凝視して小さく静かに頷いた。ゴクリとつばを飲み込んでから小さな声で、

「電池航走のまま、浮上準備作業にかかれ」

と言った。哨戒長は一瞬、「えっ、この気圧配置で?」という表情を見せた。が、すぐに平静を装《よそお》い、号令を発した。

「浮上用意、電池航走」

それから1分もしないうちに、哨戒長を補佐する者が報告した。

「各区浮上用意よし!」

哨戒長は艦長の方を向いた。

「艦長、浮上します！　浮き上がれ」

するとともに、「メイン・タンク・ブロー」という乗員の声とともに、静寂を極めていた艦内に圧縮空気の放出音が「シュー」と響いた。

浮上に関する手続きを着々とこなしていく発令所の乗員たちは、無表情でも心中穏やかではなかった。ついさっきまで同じ艦内で生活していた人間たちが、こんな荒天だというのに外洋で艦外に出て行く。自分たちの潜水艦から、特殊部隊員たちが特殊任務を帯びて出撃する。「現実の世界では、案外あっさりと映画のようなことが起きるんだ」というのが正直なところだった。

藤井は艦長の耳元で「お邪魔しました。それでは」と言って、特殊部隊員たちのもとへ行こうとした。すると、山瀬が厳しい表情で話しかけた。

「浮上はするが、天候状況によっては、あなたたちが作業をしている最中に潜航しなければなりません。我が艦の技量をもってしてもギリギリな状況です。ハッチからの大量浸水による危険を感じれば、一人しか艦外に出ていなくてもハッチを閉鎖し、潜航するかもしれない。半分が出た時点で半分の特殊部隊員を艦内に残したまま潜るかもしれない。もし全員が艦外へ出るまで待つことができなかったら……」

藤井は視線を下に外し、右の手のひらを山瀬に向け、発言を遮った。そして、静かにこう答えた。

「心中お察しします。私たちは一人でも行きます。行かせます。一人で生還することはできない。それはわかっていますが、一人でも何かができるかもしれない。だから、行きます。それだけの話です。特殊戦とはそういうものです。艦長はご自身の知識と経験と直感だけを信じてご決断ください。自分の決断が誰にどんな影響を与えるのかを考え出したら、必ず判断を誤ります」

山瀬は軽く目をつぶり、口を真一文字に結び黙っていた。しばらくすると目を見開き、藤井の目を凝視して、迷いなく一気に言った。

「わかりました。遠慮なくやらせてもらいます」

哨戒長の声が響いた。

「艦橋ハッチ開け」

セイル内のハッチが開放された。運航関係者は、発令所前方の特殊部隊員が待機する魚雷発射管室に来て、そこの垂直ラッタルを上がっていった。特殊部隊員も続いて上がっていく。

運航関係者はハッチを出ると、もう一つの垂直ラッタルでさらに上がり、セイル最頂部にある吹きさらしの艦橋に着いた。

特殊部隊員たちはハッチを出て、すぐ脇《わき》のセイル中間部分にある扉を開けて艦外へ出た。セイルから羽根のように突き出ている潜舵の上だ。そこからセイルの外側の梯子を使い、上甲板に降り立った。

厚い雲で覆《おお》われた空には月も星もなかったが、真っ黒な海面に突き刺さる純白の波《は》濤《とう》は見えた。時折雷鳴が轟《とどろ》く中、豪雨が打ちつける深夜の海面は、地球上に生物が現れる前の時代を思わせるものだった。

潜水艦の上甲板では、特殊部隊員たちが波や風、船体の動揺の影響を一番受けにくい匍《ほ》匐《ふく》前進の体勢で上甲板の扉を開け、その下に格納してある水中スクーターを取り出した。スクーターは二人に1台である。

5台のスクーターを出し終わり、リブリーザーの装着が完了したことを確認した黒沼が、藤井に向かって親指を下に向けた。「入水させる」という意味である。

藤井も同じように親指を下に向け、全員が海に飛び込もうとした。その刹那《せつな》、あたりがバッと明るくなり、「バーン！」と鼓膜を破るほどの衝撃音がした。落雷である。潜水艦から100メートルほど離れた海面に稲妻が落ちたのだ。

特殊部隊員たちも、これには驚いた。落雷した直後の海に入ることは誰もがためらう。しかし、チーフの黒沼はお構いなしに飛び込んだ。それにつられて、全員が真っ黒い海に吸い込まれて行った。

上甲板に一人残っていた藤井は、暗さと雨とで目視はできなかったが、セイル最頂部の艦橋にいるはずの山瀬に向かって、ピース・サインのように指を3本立てた。3本のピース・サインの意味は、特殊部隊員がスクリューの後方に行き、潜水艦が前進、潜航することが可能になった時の取り決めの確認だった。艦橋からはフラッシュ・ライト3回の点滅で応答があった。

応答を確認すると、藤井は山瀬艦長に挙手の敬礼をしてから、海に飛び込んだ。激しく上下する海面を潜水艦のスクリューの後方に回り込み、いよいよムスダンリへ向けて潜航する準備が整うと、藤井は左腕の肘《ひじ》から手首にかけて装着しているナイフを抜いた。そして、ナイフの柄の端で水中スクーターの船体をゆっくり3回叩《たた》いた。

「コン、コン、コン」

高性能ソナーがしっかり、この音をキャッチした。その信号音とほぼ同時に、潜水艦の巨大なスクリューがゆっくりと回転を始め、黒い船体は音もなく前進を開始した。特殊部隊員たちは、スクリューからの水流で後方へ押し流されていく。もし前方にいたら、水流に引き込まれ、スクリューの回転で確実にミンチになったであろう。

潜水艦は前進するとすぐ滑り落ちるように海面下に潜入した。潜水艦が完全に水没すると、特殊部隊員たち10名も次々と海の中に姿を消していった。近海面まったく同じことを、「うんりゅう」に乗艦していた10名の第1小隊員も、近海面で行っていた。

雷鳴が轟く海面は、ほんの5分前と同じ情景に戻った。この5分間で潜水艦から特殊部隊員たちが出撃したことに、気づく生き物などいるはずもなかった。

第3小隊の水中スクーター5台は、深度7メートルを速力5ノット（時速約9キロ）でムスダンリに向けて針路340度で進んだ。

身に着けているコンパスと深度計とストップウォッチの僅かな明かりが、特殊部隊員たちの顔を真っ暗な海中に浮き上がらせていた。緊張も高揚もなかった。恐怖心も、そして寒さも息苦しさも感じていない。感情の起伏のない目つきだ。藤井を含めた10人が10人とも、同じ目をしていた。

ただ、心中は平常のものではなかった。今現在起きていることは現実なのか、夢の中の出来事なのか、スクーターにぶつかる夜光虫の光の中を突き進んでいるため、流星群の中を行く高速宇宙船に乗っているような錯覚さえあった。

5台の水中スクーターは、きれいに横一列のフォーメーションを形成していた。それぞれの間隔は3メートルだ。

指揮艇は中央のスクーターで、操縦者は浅海（ギャングスター）、スクーターの後部に藤井がいた。偏屈で生意気な浅海だが、思考は緻密《ちみつ》で、針路と深度を同時にコントロールしなければならない水中スクーターの操縦では最も技量が高い。

潜水艦から離脱して30分が経過すると、浅海は航行深度を1分に1メートルの割合で徐々に浅くしていった。自分たちの位置をGPSで確認するため、水面に出るのである。

水面に到達すると、藤井が左手首に装着しているハンディGPSのスイッチを入れた。衛星からの信号をキャッチするのに約1分、あらかじめ登録してある上陸ポイントの方位と距離が表示された。方位345度、距離2マイル（約4キロ）だった。それは現在の進行方向より右5度の方向である。つまり彼らは左方向、方位では西に若干流されていた。

藤井は浅海の右肩を叩いた。振り向いた浅海の水中マスクに向かって人差し指と中指を振り下ろした後に指を3本、5本と立て、最後に親指と残りの指で輪を作ってゼロを示し、針路を350度に指示した。浅海が頷くと、今度は親指と人差し指の指紋がある部分を重ねてゆっくり開き、ピース・サインのように指を2本立てて、距離は2マイルだと伝えた。

頷いてから前を向いた浅海は、スクーターをゆっくりと発進させ、各艇を繋《つな》いでいる左右のパラシュート・コードの張り具合を見ながら徐々にスピードを上げて、1分に1メートルの割合で潜航し、深度を3メートルとした。

およそ20分が過ぎた頃、浅海は水深を気にしてスピードを落とし始めた。水中スクーターに驚いた夜光虫は必ず発光するのに、自分から1メートル下には夜光虫の光がなくなっており、水深が4メートル程度になっていた。海水に入ってから上陸が完了するまで、僅かばかりのハンド・シグナルが交わされるだけで会話はない。実は感情も思考もほとんどない。脳が活動すると大量に酸素を消費するため、特殊部隊員は瞑《めい》想《そう》しているような感覚で、予定された行動を寸分の狂いもなく全員がこなしている。これは、訓練と潜水艦の中で何千回と繰り返したイメージ・トレーニングのなせる技である。

夜光虫のいない真っ黒な海底が少しずつ迫ってくる。前方と下方を注意深く見ながら、フィン・キック時と同じ1ノット（時速約2キロ）程度にスピードを落とすと、すぐにザクッという音と共に着底した。

浅海が振り向いて藤井の水中マスクの前で右手の親指と人差し指で輪を作り、指示されていた水深3メートルの場所に到着したことを報告した。藤井はゆっくり頷き、静かに浮上していった。位置を確認するためである。

海面から顔だけを出すと、激しい潮騒《しおさい》が聞こえた。前方100メートルに金網のフェンスが、小さな電球によって照らし出されていた。予定通りの上陸ポイント沖合に到着したのだ。

藤井は再び潜航し、水中スクーターに戻ると、パラシュート・コードを3回引いた。ここでスクーターを降り、潜水器を外し、いよいよ隠密《おんみつ》上陸を行うという合図だ。

各艇を繋いでいたパラシュート・コードが外されて、海底に転がっている人の頭くらいの大きさの石に結びつけられた。藤井は呼吸器をくわえたまま潜水器を背中から降ろし、ストラップで水中スクーターに括《くく》りつけると、スクーターに固縛していた潜水パックを胸に、銃を背中に装着し、自転車のチューブのようなゴムを浴衣《ゆかた》の帯のように身体《からだ》に巻き付け、固定した。そして、両手でフィンの先端から全身を探り、身体に何も絡《から》みついていないことを確認した。何かが絡みついていれば浮上できず、そのまま窒息死するからである。

最後に大きく息を吸い、呼吸器の弁を閉鎖して口から外した。ゆっくりと息を吐きながら浮上し、海面に到達するとすぐに水中マスクを引き下ろして首の後ろにずらした。マスクが光を反射することを避けるためだ。藤井は前方の金網フェンスを注意深く見たが、人の気配はない。

一人また一人と水面に上がり、10人全員が浮上した。人数を確認した黒沼が藤井の右肩を強く握った。全員が水面に集合したという意味である。藤井は振り向きもせずに人差し指、中指、薬指を立てて、そのまま前方に振り下ろした。最初に隠密上陸する3名、藤井、黒沼、嵐が泳ぎ始めることを意味した。

3人は手を横に広げれば触れるほどの間隔を保ち、背泳ぎのような格好で泳ぎ始めた。顎《あご》を突き上げ、額越しにフェンスにあるライトを見ながら泳いだ。海面にはカモフラージュにフェイス・ペイントされた顔面だけが3つあった。

水際まで10メートルになると、藤井は仰向けのまま腕を海底に向けてだらりと下げた。水深を測っているのである。ほどなくして指先が海底の砂に触れると、くるりとうつ伏せになり、両手を砂に突き立てて進み出した。黒沼と嵐は藤井から左右に進行方向をずらし、互いの間隔を開けていった。

水深が30センチ程度になったところで、左腕に装着していたナイフを抜き、砂に突き刺して進み出す。1年前の魚釣島隠密上陸の時と同じメンバーが、またしても爬虫《はちゆう》類のごとく、今度は北朝鮮の海岸に上がろうとしていた。

天気予察は的中した。嵐《あらし》が荒れ狂う直前だ。雨は降っていなかったが、低い雲が垂れこめ、星も月もまったく見えない。都会のように地上に多くの光があれば、低い雲はこれを反射して淡い紅色になるが、光がほとんどないここの空は黒い。嵐が来る前特有の生暖かく湿った風が、ゆるりと吹いていた。

上陸ポイントから50メートル以内に他の人間がいないことを確信すると、藤井は無線で残りの7名に上陸するよう指示をした。腕時計は01：57を表示していた。

金網のフェンスは、水際から石ころだらけのビーチをはさんで50メートルの位置を、海岸線に沿って東西に延びている。フェンスの右側、すなわち東方面には森が広がっており、そこは対空砲基地だ。森林によって対空砲を偵察衛星から隠そうとしているのである。人工衛星の赤外線映像で多くの不自然な熱源が確認されたエリアだった。

その左側、すなわち西方面のフェンスの奥は、ところどころ木が伐採されており、木造平屋でボロボロの建物が全部で5棟あった。

第3小隊の残り7名の上陸を待つ間、3人はフェンスの下をナイフで掘った。金網は地中に3センチしか入っておらず、3人で5分も掘ると人の潜《くぐ》れる穴が空いた。

藤井は時折、7名の第3小隊員が上陸してくる海の方を注視したが、まったく人の気配は感じられなかった。敵の接近に気づくのは、視覚ではない。ほとんどの場合は音や振動、そして匂《にお》いである。しかし、相手が海から上陸してくる場合は、波によって音と振動がかき消され、潮の匂いの中から人間の匂いは感知できないために発見しづらい。自分の位置を知らせるため、海に向かってライトを短く3回照射すると、1分も経《た》たないうちに第3小隊10名全員が揃《そろ》った。

黒沼が藤井に小声で言った。

「200メートル圏内に、人はいません。カメラと振動センサーの確認だけします」

「そうだな、怖いのは犬だ。フェンスの内側にはまだ入らせるな。外側から確認しろ」

「わかりました」

黒沼は、後から来た7名のうちの4名を指名して、カメラはフェンスの支柱、振動センサーはフェンス自体に装着されていることを説明し、2名ずつの2チームにカメラとセンサーの捜索を命じた。

浅海が、黒沼に話しかけた。

「あそこの5棟の建物って、廠舎《しょうしゃ》じゃないですかね？　あの形はそうでしょう。旧日本軍が作ったのを今でも使ってるんですよ、きっと」

「そうかもしれん。陸上自衛隊だってまだ使ってんだからな」

廠舎とは、兵員用の宿泊施設であり、瓦《かわら》を葺《ふ》いた三角屋根で、幅約9メートル、長さ約50メートル、内部は中央に幅約1・8メートルの土間があり、両側に幅約3・6メートルの板の間が設けられている。

黒沼から確認作業の終了を聞いた藤井は、第1小隊長を無線で呼んだ。

「ジュダイ（第1小隊長の堀内のコールサイン）、ディス・イズ・バッドマン、ロメオ・チャーリー（レディオ・チェック：感度試験の頭文字RC）」

「ディス・イズ・ジュダイ、リマー・チャーリー（ラウド・アンド・クリアー：感明良好の頭文字LC）」

「上陸支援確立した。一斉上陸せよ」

「ジュダイ、ラジャー・アウト」

第1小隊の10名が一斉に上陸し、金網下の穴のところに来たのが2時15分だった。

藤井は、堀内の左の耳元でささやいた。

「03：15（マルサンヒトゴウ）までに、完全に電源を遮断しろ。中には、軍用犬が放し飼いになってるかもしれない。臭《にお》い袋を足に着けて行け。ここからは、サプレッサーを使え」

堀内は黙って頷くと、自分の右側にいた小隊員に、バックパックの防水バッグから、軍用犬が追う自分たちの体臭を隠すための臭い袋と、銃の発射音をほとんど聞こえなくさせるサプレッサーを装着するように指示し、銃の照準をワン・クリック下げる仕草をした。サプレッサーを取り付けると弾着点が近くなるからである。

1分も経たないうちに、第1小隊員全員が森林の中に入っていった。

藤井たちはその場で、1時間ほど待たなければならなかった。下手に動いて相手に感づかれてしまったら、第1小隊の破壊工作のみならず、本作戦のタスク・フォース1の行動にも悪影響を及ぼす。藤井たち10名は、廠舎を監視しながら草の中にじっと身を潜めていた。

黒沼が藤井の耳元でささやいた。

「一番手前の廠舎の横に、見にくいんですが、小さな建物があります。作りがトイレや風呂《ふろ》じゃないです。見張り小屋の可能性があります。不寝番がいるかもしれません。確認に行かせます」

「待て。ん……。偵察な……、わかった。もしいても処理はまだするな」

「はい。アグレッサーとギャングをアリゲーターで行かせます」

嵐と浅海は、アリゲーターと呼ばれる、肘をついた腕立て伏せのような姿勢を維持しながら四つん這《ば》いで進み出した。音も振動もなく、普通の人が歩く程度のスピードで小さな建物に向かって行った。

戻って来た嵐が黒沼に報告をした。

「二人いる。ガリガリに痩《や》せた子供の兵隊じゃ。中学生ってことはねえだろうけど、未成年だな。ボロボロだけど銃は持ってるよ。二人とも寝とる。俺なら、あの銃は使わねえ」

それを聞いていた藤井が黒沼の左肩を強く握り、自分の右のこめかみの辺りで右の人差し指と中指をグルグル2回転させた。集合の意味だ。10名の男たちは肩と額をつけ合って小さな円陣を作った。

「5分後の03：10（マルサンヒトマル）に、見てきたアグレッサーとギャングで見張り小屋の二人を隠密処理しろ」

そう言うと藤井は、自分の後頭部の首の付け根を右手の人差し指と中指で2回叩くと、そこへナイフを差し込む仕草をしながら続けた。

「処理が終わったら廠舎に突入する。俺とスタッドは廠舎には入らず、外で警戒にあたる。廠舎は5つある。4名1チームの2チームで手前から潰《つぶ》していけ。ここからサプレッサーを着けるが銃は極力使うな。音を立てずにやれ。現時点以降、敵と遭遇したらライトを使え。奴《やつ》らは、生まれた時から、人工的な明かりのない世界で暮らしてるんだ。訓練していなくとも、俺らと同様に暗闇でも見えてるよ。だけどな、明暗の切り替えは苦手だ。特に、急に暗くなった時だ。虹彩《こうさい》を広げる能力は、トレーニングで瞳孔散大筋を鍛えていなければ身に付かないからな。遭遇したら、躊躇《ちゅうちょ》なくライトを相手の目に照射して、虹彩を強制的に閉じさせちまいな。いったん閉じたら開くのには時間がかかる。その数秒に勝負しろ」

全員無表情だったが、5分後に突入と聞いて、マインド・セットをイエローからレッドに変えていると藤井は感じていた。

「20分だけ、ここの奴らを行動させなければいいんだ。主作戦は03：30（マルサンサンマル）にヘリが着陸してからだ。レーダーに引っかからないように超低空の匍匐飛行をするから、ヘリのローター音で5分前の03：25（マルサンフタゴウ）には敵にバレる。だが、特戦群がやるんだ。着陸して2分以内にはカタをつけるだろう。3分余裕を見て、俺たちは03：35（マルサンサンゴウ）まで、ここの奴らを動けなくすればいい。無駄な殺生《せっしょう》はするな。でも、殺《や》る時は躊躇すんな。確実に、肉の塊にしろ」

全員が若干遠くを見つめる目つきになった。マインド・セット・レッドが確立した証拠だ。

3時10分きっかりに嵐と浅海は見張り小屋に向かい、何の躊躇もなく入って行った。が、1分程度で出てくるはずが2分経っても出て来ない。しびれを切らした黒沼が振り返って藤井を見ると、

「あと1分だけ待つ」

藤井が言った瞬間に二人は出て来た。それを見た全員が一斉に動き出した。10人とも動きに無駄がなく、音もなく、水が流れるように動いている。2つのチームがそれぞれ最初の廠舎に突入しようとした時、第1小隊から無線が入った。

「バッドマン、ディス・イズ・ジュダイ、オペレーション・ノーマル、電源完爆（完全爆破）」

「バッドマン、ラジャー、我々の離脱支援のため、上陸地点で待機せよ」

2つのチームが廠舎の扉を開け、中に入って行った。藤井と黒沼は残りの廠舎から人が飛び出て来ないかを警戒している。

廠舎の中からガタゴトと音が聞こえたが、隣の廠舎の者が起きるほどではなかった。5分後、2つのチームがほぼ同時に出てきた。藤井や黒沼には長い待ち時間だったが、やっている者にとっては瞬間的な5分間で、そのまま何事もなかったかのように次の

廠舎に入って行った。

ここが終われば俄然《がぜん》有利になる、と藤井は考えていた。残る廠舎は1つとなり、2チームで1つの廠舎を襲撃できるからである。そんな皮算用をしていると、無線が入った。

「バッドマン、ディス・イズ・ジャック（風元のコールサイン）、エマーグ（緊急事態発生）、エマーグ、日本人発見！　6名拘束中、来てくれ」

藤井は「ラジャー」と答えながら、風元たちのいる廠舎に向かった。扉を開けると、右手を肩の上から、左手を脇の下から背中に回されて、手首をインシュロック（結束バンド）で縛り付けられている50代と思われる男が、苦痛に顔をしかめて立っていた。他に5人がへたりこんでいる。風元が男を指差して言った。

「日本人です」

「そうなんですか？」

藤井の問いに、男が日本語で答えた。

「は、はい。私は昭和50年に日本で拉致されて連れて来られたんです。三村裕太《みむらゆうた》といいます」

「なぜ、ここにいるんですか？」

「ここ？　どこなのか……。とにかく、昨日の深夜、二人の監視係の者と一緒に急遽《きゅうきょ》来させられたんです」

「それまではどこに？」

「えっと、ここから車で15分ぐらいのところです」

「近くに川がありましたか？」

「はい。あの……タムデ川と呼ばれている川がありました」

「そうですか」

解《げ》せない表情で、全員の様子を見ていた藤井が風元に言った。

「嘘《うそ》をついているとは思わねえけど、仲間以外じゃ何十年ぶりかに見る日本人だろ。驚き、喜び、安堵《あんど》、感動、もっとあるだろ？」

「何がなんだかわからないんですかね。全員が無表情で床をジッと見てるだけで、息してんのかよと思います」

藤井は黙って頷《うなず》いただけだったが、頭は高速回転をしていた。

作戦をどう変更すべきかは一瞬で結論に達したが、全隊員にそれを、どういう言葉を使って、どのくらいの会話スピードで説明するかを考えるのに30秒を要した。

「オール・ユニット、ディス・イズ・バッドマン、エマーグ、エマーグ。作戦の変更、作戦の変更。これ以上廠舎を襲撃するな。日本人6名を発見した。ヘリをここへ呼び、6名を逃がす。HVU（ハイ・ヴァリュー・ユニット）オペレーションに切り替える」

HVUオペレーションとは、高価値目標の護衛のことである。ここでは、日本人一人に隊員一人が付き添って12人の塊で行動し、他の4人の隊員はその12人を逃がすために行動する作戦を意味した。

「上陸ポイントへ速やかに移動、先導はギャング（浅海）。ジュダイ（堀内）は上陸ポイントにおいて北の追撃部隊を食い止めろ。第1小隊はその後、予定通り水中スクーターで離脱し潜水艦に帰投せよ」

藤井が言い終わったと同時に、銃声が2発した。藤井は、風元の肩を叩いた。

「感づかれた。急げ」

その10分前、見張り小屋では、2名の北朝鮮軍少年兵がうつ伏せで必死にうごめいていた。手は後ろでインシュロックで縛り上げられている。嵐と浅海は「処理」していなかった。それは、軍服をだぶつかせた少年兵があまりにも幼かったからである。

少年兵の一人が、仲間の手首を縛っているインシュロックを犬歯で噛《か》み切ろうとしていた。そう簡単に噛み切れるものではないし、普通の人間なら5分も噛み続けて切れなければ諦《あきら》めたかもしれないが、少年兵はひたすら全力で噛み続けた。10分もすると、とうとうインシュロックに亀裂《きれつ》が入り、亀裂が入れば簡単に引きちぎれてしまった。手が自由になった少年は、腰のAK－74の銃剣を鞘《さや》ごと外し、もう一人の少年のインシュロックを、銃剣の小さな穴と鞘の突起物を組み合わせてハサミのようにして切断した。そして傍《かたわ》らにあったAK－74をデッド・コピーした北朝鮮製の突撃銃を摑《つか》んだ。嵐と浅海は彼らを縛り上げた後にマガジン（弾倉）を抜いて森に捨てて行ったので、弾はなかった。どこの軍隊でも、マガジンを装填《そうてん》しても、発砲する直前まで薬室には弾を入れない。どういう訳か北朝鮮軍は、マガジンを装填したら必ずコッキング・レバーを引いて薬室にまで弾を入れるので、弾は1発ずつ残っていた。

「あいつら中国軍《チュングク》か？」

「一言もしゃべらなかったからわからないけど、違うと思う」

「何でだ」

「二人とも、臭いがしなかったもん」

「中国兵の臭いか？」

「そうじゃなくて、車に乗ったら車の臭い、船に乗ったら船の臭いがあるだろう。歩いてくれば土ぼこりの臭いとか。それがまったくなかったよ」

「そんなことより、どこへ行ったんだろう？　早く本部に連絡をしないと、俺たちが銃殺になるよ」

「行こう」

二人の少年兵が小屋を飛び出ると、約１００メートル先に、こちらに向かって走って来る人影が見えた。反射的に伏せて、二人は顔を見合わせた。

「さっきの奴だ」

「そうだ。何で走って戻って来るんだろう？」

「撃とう。１発ずつ薬室に残ってる。１人でも殺せば、見張り中に寝てたことをごまかせる」

浅海は、彼らまで50メートルに迫っていた。

銃声を聞いた風元たち4人は、拉致《らち》被害者6人を突き飛ばすようにして廠舎を飛び出た。

ポイントマン（先導役）として海に向かって既に走り出していた浅海からの無線が流れた。

「こちらギャング。銃声。被弾。左手、肘から先を欠損した。右手のみで射撃可能、命中精度悪い」

銃声は、まだ手を付けていない廠舎からだと思い込んでいた藤井は、浅海の無線を聞いて訳がわからなくなった。浜辺の金網フェンスに向かっている浅海が撃たれるはずがないからである。

藤井は廠舎から飛び出し、外にいる全員が上陸ポイントの方向に銃を向けて伏せているのを目にして、ようやく現実が呑《の》み込めた。

金網フェンスの手前に敵がいる。退路が押さえられているということなのだ。さらに、まだ手を付けていなかった廠舎の方向から、朝鮮語の罵声《ばせい》と大勢の人間が殺到してくる音が聞こえて来た。最悪の状況だ。挟み撃ちに合っている。

伏せていた黒沼が大声を出しながら立ち上がり、走り出した。

「ギャング。二人で退路を確保する。止まるな。進め」

それを聞いて、先頭で倒れていた浅海は、一瞬後ろを振り返り、黒沼が走って来るのを確認すると立ち上がって走り出した。二人はフルオートで見張り小屋付近に弾を撃ち込んだ。地面から土煙が上がっていたが、突然、土煙から真っ赤な血しぶきに変わり、弾丸が地面をはじく甲高い音から、柔らかいものに食い込む鈍い音に変わった。

さっきまで少年兵だった物体の横で、膝撃《ひざう》ちの姿勢で他に敵がいないかを確認していた浅海は、立ち上がり振り向いて大声をあげた。

「前方、クリアー」

拉致被害者6名に寄り添って伏せていた特殊部隊員6名は、立ち上がると彼らの襟《えり》の後ろを左手で摑んで引き上げて立たせ、そのまま前方に押して、走ることを促した。

藤井は最後尾を全力疾走していた。100メートル後方からは、北朝鮮軍の兵士が乱射しながら追って来ている。藤井は一刻も早く作戦の変更を市ヶ谷の統合運用調整所に連絡し、ヘリをこちらに来させなければならないが、立ち止まって衛星携帯電話を取り出すことなど到底できない。が、ヘリを呼ばなければ、拉致被害者を連れ帰ることもできない。

藤井は大声で前方を走る嵐に言った。

「アグレッサー、捨てがまりになれ。俺はヘリを呼ぶ」

〝捨てがまり〟とは、戦国時代の古い言葉だが、命を捨てて敵の追撃部隊の進行を食い止め、稼いだその時間で本隊を逃がそうとする決死の戦法である。

藤井の声を聞いた嵐は、立ち止まり、後方に向かってあぐらをかいて、追って来る北朝鮮軍に向かって射撃姿勢をとった。嵐を追い越した藤井は、バックパックを降ろすと嵐の背中に自分の背中をくっつけて、衛星携帯電話を取り出していた。嵐は、先頭を走って来る北朝鮮軍兵士に、1秒に3発のリズムで発砲を開始した。開始と同時にスイカがはじけるように先頭の者の頭部は消滅し、「首から上」がない身体はそのまま前に倒れ込んだ。2番手を走っていた北朝鮮軍兵士も同様に「首から上」がない身体となり、前に倒れ込んだ。この光景は、他の北朝鮮軍兵士をその場に伏せさせる効果はあった。

藤井は再び走り出した。電話はすぐに市ヶ谷にいる天道に繋がった。走りながら、怒鳴るようにしゃべり出した。

「藤井です。タムデ川の方にいるはずの日本人6名を発見、連れ帰ります。追撃を受けてます。ヘリを全機こちらに寄こしてください。あっちはアンブッシュ（待ち伏せ）が仕掛けられている可能性があります。とにかくここの日本人を連れて帰ります。説明してる暇がありません。全権限を私にください。好きなようにさせて……」

藤井が話し終える前に、天道の声が耳に飛び込んできた。

「たった今、チヌークとブラックホーク1機ずつ、撃墜された。搭乗者は全滅。残り3機も攻撃を受けている。完全なアンブッシュだ。何でも言え。お前の好きな通りにさせてやる。残りのヘリ3機を、お前たちが上陸したポイントに向かわせる」

天道の声はいつも通りだったが、内容はとんでもないものだった。

星も月もなく真っ暗だったが、低く垂れ込めた分厚い雲の中で頻繁に雷光が走っていた。雲の中で放電が起きているのだ。その明かりが、走り出した藤井と嵐の背中を一瞬照らすと、伏せていた北朝鮮軍兵士たちは、一斉に立ち上がって追撃を再開した。ベージュ色の、不格好なほど大きな帽子と、これまでニュースで見たことのある北朝鮮の軍服を身に着けている。

藤井たちまでの距離は50メートルだったが、走りながらでは照準ができず、腰だめの姿勢で撃っているので弾着はとても定まるものではなかった。将校は「追え、追え」と狂ったように怒鳴っているが、先頭を走る兵士は別のことを考えていた。

「先頭にいてはまずい。最後尾の奴がまた立ち止ってこちらに発砲すれば、俺は確実に死ぬ」

藤井の位置から、金網フェンスまで約100メートル。そこでは、対空砲基地の電源を爆破し、上陸ポイントに戻っていた第1小隊員が藤井たちの方向に銃を向けている。

「バリバリバリバリバリ」

ヘリのローター音が聞こえてきた。約7キロ離れた主作戦地域から、撃墜を免れたヘリがすぐに飛んで来た。藤井は3機のヘリが高速でこちらに近づいていることを、ローター音から聞きとった。ドップラー効果で僅《わず》かに高く聞こえていたからである。

金網まで50メートル。先に海岸に着いた風元が、赤い発煙筒を焚《た》いた。ヘリを降着地点へ誘導するためである。どんどん大きくなるローター音と北朝鮮軍兵士が放つ銃声の中で、藤井の後方1メートルを走っていた嵐が大声を出した。

「最後尾！　最後尾！」

自分の前を走っている人間は味方、自分の後ろの人間は敵ということを、第1小隊員たちに伝えたのである。藤井は、嵐が自分のすぐ後ろに張り付いて、自分の身体を盾に藤井を銃弾から守ろうとしていることをヒシヒシと感じていた。

金網まで30メートル。

自動小銃の銃弾が、藤井と嵐の足下の地面ではじけだした。敵の照準が徐々に定まってきている。藤井は、僅かにジグザグを切るように走った。

第1小隊員はまだ発砲できなかった。北朝鮮軍のいる方向が、藤井と嵐が走って来る真後ろだったため、二人に当たってしまうからだ。

金網まで20メートル。嵐が前を走る藤井に怒鳴った。

「バッドマン！　あんたは、とかげの頭じゃ、残っとらないけん。わしゃ、尻尾《しっぽ》じや」


そう言い終わると、嵐は突然立ち止まり、後ろを振り返って、あぐらをかいた。

日本に戻る気持ちを封じ、感情のない表情で、30メートルまで迫っていた北朝鮮軍兵士の先頭、その後ろ、そのまた後ろと、1秒に3発のリズムでヘッド・ショットを命中させていった。先頭を走る北朝鮮軍兵士は、自分の予感が的中したことを知り、その瞬間に散った。

金網まで15メートル、嵐が立ち止まったことに気付いた藤井は引き返そうとした。

その時、クシャッという、人間が被弾した時の音と共に、藤井の顔面に生暖かいものが降りかかった。

嵐の脳漿《のうしょう》だった。嵐は頭部に被弾し、即死した。嵐の首から上がなくなっているのを見た藤井は再び走り始め、銃を構えている第1小隊員たちの脇をようやく通過した。その瞬間、金網のそばにいる、小隊長を除いた第1小隊員9人の銃が一斉に火を噴いた。

ヘッド・スライディングのように金網フェンス下の穴に頭から突っ込んだ藤井が立ち上がると、第1小隊長の堀内が待っていた。

「ジュダイ、しんがり、頼む！」

「秀吉にお任せください」

堀内はこんな時でも冷静で、洒落《しゃれ》っ気まであった。豊臣秀吉が織田信長を逃がすたために全滅覚悟でしんがり役を務めたことに、自分を重ねてみせたのである。

藤井が空を見上げると、ダブル・ローターのチヌークが高度20メートルで機首を上げ始め、最終着陸態勢に入っていた。高度を下げて来るチヌークは、車両などを搭載する際に使用する後部の大型傾斜路扉（後部ランプ）を斜め下に降ろしていた。浜辺に接地する寸前から、第3小隊員は日本人6名と共に次々とそこへ飛び込んで行った。最後に藤井が飛び込むと、轟音《ごうおん》を立てているヘリの中で黒沼が親指を突き上げて叫んだ。

「15名オッケー！」

藤井はヘリの搭乗員に向かって右手の親指を立て、上に向かって3回振り上げた。「搭乗完了、さっさと上がれ」という意味である。

エンジン音が爆音に変わり、藤井たちはとてつもないGでヘリの床に押さえつけられた。急上昇しているのである。急激な高度の上昇は、巨大な生き物にヘリを鷲掴《わしづか》みされて上空へ放り投げられているような錯覚を与えた。

先ほど飛び乗った後部ランプから後方を見ると、45度下方に2機のブラックホークが飛んでいた。チヌークと北朝鮮軍との間に入り込み、自分たちの機体を盾にしてチヌークを守っているのである。それは、藤井をかばって即死した嵐と同じ行動だった。

そのブラックホーク越しに、時折、小さな火花にも似た光が見えた。銃の発砲の際のマズル・フラッシュだ。ヘリ3機を逃がすため、地上で第1小隊員10名が銃撃戦をしていたのだった。

藤井はヘリの天井を見つめていたが、網膜に映っていたのは嵐の死体であり、次の瞬間に嵐の奥さんの顔が重なった。どこかでは夢に違いないと思ったが、右手で後頭部に貼《は》り付いている血液と肉片の混ざったものを拭《ぬぐ》い、現実であることを思い知る。軽く頭を左右に振って、現在すべきことを考え始めた。

すぐに隣にいる黒沼に「ギャングは？」と大声で言うと、エンジン音でかき消される中で、黒沼の声が何とか聞こえた。

「左の肘から先がなくなりました。止血してます。死にゃあしません」

藤井は黒沼の耳元に「フリスク！」と叫び、右手の人差し指と中指でハサミで何かを切るような仕草をした。フリスク・サーチといい、連れて来た6名が身体のどこかに武器を隠していないかを確認し、それから拘束を解けという意味である。

黒沼は、驚いた表情を見せた。そして、あぐらをかいているヘリの床を右手の人差し指で強く叩き、首を傾けた。「機内で拘束を解いてしまうのか？」という疑問を投げかけたのだ。

黒沼の反応は当然だった。人質奪還作戦などで区画突入する特殊部隊員は、テロリストか人質かといった判定をしない。それは取り調べで他の組織の者がやることであり、自分たちがすべきは全員を抵抗ができないように拘束して連れ出すことなのだ。その際に、他人か自分かを問わず生命を奪おうとする者を処分するだけだ。だから、テロリストのような風貌《ふうぼう》で銃を持っている者でも、銃口を人に向けていなければ拘束するだけだし、よちよち歩きの幼児だろうと腰の曲がった老婆《ろうば》だろうと、拘束は必ずするし、気を許す行動は決してとらない。

藤井が眉間《みけん》に皺《しわ》を寄せて、右手の甲を黒沼に向け、何かを追い払う仕草をした。「いいからさっさとやれ」と言いたかったのだ。

黒沼は、ゆっくり頷いた。考えてみれば藤井の言う通りだからである。テロリストが人質をとって立てこもっている場所へ突入したのであればセオリー通りだが、今回はまるで違う。しかも6人には、どうにも隠しきれない悪意のオーラは微塵《みじん》もなかった。

黒沼はヘリの床にへたり込んでいる第3小隊員たちに向かって、右手の甲を向けてから小指を一本立てた。さらに、その右手を自分の左肩に当てて何かを摑む仕草を、肘、手首と順に数回行ってから、両手の人差し指と中指でハサミのように何かを切る仕草をした。

6名の身体を慎重にフリスク・サーチしてから拘束を解け、という意味だ。

第3小隊員6人は、それぞれ自分が連れて来た者に、5分以上の時間をかけてよく身体を調べてから拘束を解いていった。拘束を解くと、膝を抱えて座るように指示し、さらに指10本が見えるように膝の上で手を組ませた。

疲弊し切っている6名は言われるがまま、なされるがままだった。彼らの正面には隊員が1人ずつ付いた。隊員たちはあぐらをかいて、足首の上に小銃の床尾《しょうび》と呼ばれる肩に当てる部分を置き、銃口を上に向けて鎖骨に当てて抱えたまま、6名に組ませている指10本を注視していた。行動を起こそうとすれば、その前に指が必ず動くからだ。

藤井が後部ランプから外を覗《のぞ》くと、もう陸は見えなかった。

［ここまで来れば安心だ］

地上から携帯ミサイルを撃たれる心配がないからである。それに、イージス艦の高性能レーダーの傘の中にいれば、たとえ戦闘機が緊急発進して来ようと心配はない。

戦闘機が飛び立った瞬間にレーダーが捉《とら》え、対空ミサイルがそれに殺到する。

轟音が空間を支配し続けるヘリの中で、藤井は壁にもたれた。張りつめた気が少し緩むと、頭の中にひとつの記憶が蘇《よみがえ》った。

母方の祖母が何度も語って聞かせた、満州からの引き揚げの話である。終戦の1週間前、祖母と子供5人は、満州にソビエトが攻め込んで来たため、北朝鮮の鎮南浦に疎《そ》開《かい》した。だが、そこでソビエト軍に抑留されてしまった。1年後の深夜、祖母たちは脱走する。38度線まで何日もかけて歩き、韓国の仁川《インチョン》港の引き揚げ船にやっと辿《たど》り着いた。その時に船員が「ご安心ください。もうここは日本ですよ」と声をかけてくれたという。祖母は涙が流れたと言っては泣いた。

そうだ、そうあるべきなのだ——。

藤井は立ち上がって、膝を抱えて座る一人一人を回り、耳元で引き揚げ船の船員と同じ言葉を発した。彼らはうつろな目で藤井の顔を見てから、コクリと頷いた。そして6人の最後の、昭和50年に拉致されたと言っていた三村に「ご安心ください。もうここは日本ですよ」と言うと、三村は藤井の耳元で言った。

「あなたたちは、本当に日本から、いらしたのですか？　私たちは、本当に日本に向かっているのですか？」

「ん？　そうか、信じられないのですね……。無理もないです。北朝鮮への忠誠心をはかる試験とでもお思いなのですか？　踏み絵とでもお考えなんですね？」

　そう言うと藤井は、右手で自分の頭頂部に貼り付いている血液と肉片の混ざったものを拭い、三村の目の前に出した。

「これは、あなたたちを救うために死んだ日本人の肉体の一部です。ここまで手の込んだ芝居は、さすがに北朝鮮でもしないでしょう。安心してください。ここは、既に日本です」

　三村は無言で頷くと、気絶するように眠りに落ちた。

　3番手を飛んでいたチヌーク2番機のメイン・パイロット高橋1尉《い》は、コックピットの計器類から機外へあわてて視線を移した。それは、誰の声かはわからなかったが、ヘッドセットに「ＲＰＧ《アール・ピー・ジー》（ＲＰＧ－7の略であり、世界各地の紛争地において広く使われている対戦車ロケット）……」と絶叫したのが聞こえたからだ。

　1秒もしないうちに、先頭を飛ぶブラックホーク1番機に、もうもうたる煙を発しながら向かうＲＰＧ－7がはっきりと見えた。そのまた1秒後、オレンジ色の炎が目の前を覆《おお》い、爆音と衝撃波に襲われ、チヌーク2番機の機体も大きく揺れた。機体を立て直していると、再び爆音が轟《とどろ》く。その3秒後には、目の前を飛ぶチヌーク1番機が炎に包まれ、真っ逆さまに墜落していくのが見えた。数秒のうちに、地上から発せられたロケット2発によって26名が撃ち落とされていた。

高橋1尉は、地上からの攻撃をかわすために急上昇しながら、リップマイクに怒鳴った。

「メーデー、メーデー、ブラックホーク、チヌーク両1番機、爆発、炎上、墜落。生存者あり得ません」

2機の撃墜報告をするこの声は、官邸地下の危機管理センターに響き渡った。

葛田総理をはじめ、全員が放心状態で固まってしまった。手代木官房長官一人が、市ヶ谷へ直通電話をかけ、大きな地声をさらに張り上げて怒鳴っていた。

「ＮＳＣ（国家安全保障会議）の手代木だ。天道君を出してくれ。何？　電話？　バカ者、切るように言え！　何だと？　ここより大切な電話があるか！　もしもし、もしもし！」

手代木は受話器を握ったまま、もう一方の手で電話機のフック・スイッチを乱打し、再び短縮ダイヤルを押した。

「貴様！　今、切ったのか。ＮＳＣからの電話を切ったのか！」

手代木は電話口の自衛官に噛みついた。電話は天道が指示して切らせていた。ムスダンリの藤井から衛星電話がかかって来ていて、それどころではなかったからだ。

藤井との通話を終えた天道が、NSCからまたかかってきた電話に出た。先ほどの自衛官ではなく天道だとわかると、手代木は急に声のトーンを下げた。

「お、君か。どうなんだ？　今、何人死者が出ている？　……急ぎますか、だと？　急ぐに決まってるじゃないか。取り込んでます？　こんな時に、君はいったい何を……おいっ、話は終わっていない！　もしもし、もしもし！」

北朝鮮のムスダンリで藤井たち特殊部隊員が戦っていた時、天道も、日本国内で日本人と戦っていた。天道の相手は、市ヶ谷地下に陣取る自衛隊高級幹部と、官邸地下の政治家たちである。

天道にしてみれば、政治家の方はまだ楽だった。厄介なのは、統合幕僚長をはじめとする自衛隊の高級幹部たちだ。

地下作戦室で彼らに囲まれている天道は、頭の中で同じ独り言を繰り返していた。

［こいつらに現場の邪魔をさせないために俺はいる］

天道は、この「邪魔者たち」に抗することができるのは自分しかいないと認識し、だからこそ、ヘリ空母「いずも」に乗艦せず、市ヶ谷に残ったのである。そして、たった今、ムスダンリからの無線報告で、自衛隊初の戦死者が何人も出たことを知った。それでもなお作戦を遂行する彼らの声を、この耳で聞いた。

［現場は混乱していない。それを、指揮する者が現場を混乱させてはならない］

防衛省市ヶ谷地区のA棟地下にある作戦室には、統合幕僚長以下、陸海空幕僚長ら制服組の錚々《そうそう》たるメンバーが集まっていた。

天道にしても、ヘリ撃墜の報を耳にした瞬間は茫然《ぼうぜん》となりかけたが、その後、［しかし、撃墜……。なぜヘリを撃墜できる武器が、護衛総局にあるんだ。身辺警護が仕事だろ？］という疑問が何度もよぎっていた。

その時、最前線にいる藤井から衛星電話が入った。顔面蒼白《そうはく》の若い女性自衛官が、コードレスの受話器を天道の目の前に差し出した。

「で、電話です。ふ、藤井3佐からです！」

天道は、左手で奪うように受話器を取って耳に当てた。心配そうに天道を見つめている女性自衛官に、右手で天井を指差した。そしてその右手を握って下向きにし、手のひらを2回開いた。電話の会話をスピーカーで流し、地下作戦室にいる者すべてが聞けるようにしろ、という意味だ。

女性自衛官は天道の意図をすぐに理解し、トグル・スイッチを跳ね上げた。窓がなく機密性の高い作戦室に、最前線の藤井の声が響いた。

「藤井です。タムデ川の方にいるはずの日本人6名を発見、連れ帰ります。追撃を受けてます。ヘリを全機こちらに寄こしてください……」

天道は藤井の伝えんとする大筋が見えたところで、話を遮り、努めて冷静にこう言った。

「たった今、チヌークとブラックホーク1機ずつ、撃墜された。……お前の好きな通りにさせてやる。残りのヘリ3機を、お前たちが上陸したポイントに向かわせる」

作戦室で天道は、誰に断るでもなく指示を出した。この事態に対応できるのは天道だけだと誰もがわかってはいたが、その誰もが天道から「〇〇してよろしいでしょうか」「許可をいただきたい」というお伺いを欲しがっていた。制服組トップの朝比奈統合幕僚長が、ついに口を挟んだ。

「天道君、おかしいだろ。なぜお前が『好きな通りにさせてやる』などと言えるんだ。藤井もおかしいぞ。なぜお前のところに電話をしてくるんだ。昵懇《じっこん》だからか。お前たちには指揮系統がわからんのか」

返答をしない天道の方に、朝比奈が一歩踏み出て、話を続けた。

「この作戦は組織として、統合任務部隊として遂行している。現場の報告はそこの幕僚を通じて任務部隊指揮官に上がり、指揮官の判断がなされてから藤井3佐に命令の形で伝わる。特殊戦だかなんだか知らんが、権限の逸脱は許さんからな」

物静かに見える天道も、本来の気性は荒い。感情が高ぶると左眉《ひだりまゆ》が上がるのが癖だった。朝比奈の話の途中から、左目付近が少しピクついていた。

「指揮命令系統はおっしゃる通りです。が、これは非常時です。今は、現場を一番把握できている藤井のしたいようにさせるべきです。報告させて、何かを決めて指示する時間はありません。平時の訓練と同じことをチンタラやっていたら、さらに被害が拡大します」

「そんなことを言ってるんじゃない。事後でもいいんだ。然《しか》るべき報告が上がるべきだろう。『いずも』乗艦中の現場部隊指揮官を飛び越すんじゃない。お前は状況を把握しているんだろ。現場で何が起きていて、だからどうすべきかを説明してみろ！」

朝比奈が語気を強めると、天道の左眉がぐいと吊《つ》り上がった。言葉遣いも少しずつ荒くなってくる。

「一緒に聞いていたでしょう。私が持っている情報は、ここにいる全員と同じ。現場で何が起きているか、細かいことはわかりません。そもそも把握して何ができるんですか？　私はあなた方と違って野次馬じゃありませんので、藤井にこちらから報告を求めません。藤井が『いずも』ではなくここに電話をしてきたのは、ごちゃごちゃ報告なんかしている暇がなく、自分に任せて欲しいからです。それを理解して、任せるべきです」

勝ち目のない争いには乗らないで、過ぎ去るのを待つ。朝比奈統合幕僚長は、そうやって今の地位まで上り詰めた人間だ。いつもなら受け流すところだが、今回ばかりは感情を露《あら》わにして天道を睨《にら》みつけた。

「俺の前で屁理屈《へりくつ》をこねるな。現場から正しく報告させろ!」

「あなたは屁理屈以前のことを言ってます。こんな時に報告しろというのは、藤井にボクシングをしながら実況中継もしろって言うのと同じことです。それに、このタイミングで統合幕僚長に何が判断できるんですか。政治家じゃないから政治的判断はできないし、現場を知らないから戦術的判断もできない。あなた方は出しゃばんなきゃそれでいい。そこに座って見物していればいい」

格下の天道から罵倒され、朝比奈は目を剝《む》いた。

「何様のつもりだ! たかだか特殊作戦群の指揮官が、私に指示をする気か!」

「藤井以上に戦術的判断の知識と経験のある者は、全自衛隊のどこを探してもいません。そいつが現場で俺にやらせろと言ってんだから、あいつに任せればいいんです。

なのに、報告させて、判断して、指示をする？　その報告のために死ねと言うんです
か？　頭が壊れてる」
「下がれ！　君は話にならない！」
「下がりません。あいつらの邪魔だけは、絶対にさせません！」
そう言い切った天道は、室内の一人ひとりの顔を射るように見回した。左眉は普段
通りに戻っているが、殺気が全身から放たれている。
天道と目が合った者は、自分から視線を外した。わざと咳払《せきばら》いをして横を向く者、
腕時計を繰り返し見る者もいた。
天道は目を閉じてゆっくりと2回深呼吸をした。目を開けると再び朝比奈に向かい、
そして静かに言った。
「私からは以上です」
戸惑う朝比奈統合幕僚長が他の幕僚長たちの様子をうかがうと、全員が彼の視線か
ら逃れようとした。
ガタン、という衝撃で6名の被害者たちは目を覚ました。チヌークは同時にエンジ
ン音のボリュームを一気に落とした。ヘリ空母「いずも」に着艦したのである。

6名は全員が、置かれている状況の変化が早すぎて、夢なのか現実なのか曖昧《あいまい》になっていた。何十年かぶりに日本に戻って来たというのに、感激もなければ驚きもない。ただただ戸惑ってキョロキョロしている。すぐに白衣を着た救護員が3名やって来て、担架に乗せられた浅海と共に彼らを誘導していった。

藤井は、ヘリを降りていく彼らを見ていた。

「戸惑うのも当たり前だよ。俺だって、ジュダイにしんがりを命じたのなんて、何週間も前のことのような気がするもんな……」

拉致被害者が見えなくなると、ガックリと床に視線を落とした。脳裏には、嵐の最《さい》期《ご》の姿が焼き付いている。黒沼が藤井の右肩をポンポンと叩《たた》いた。

「降りましょう」

促されてヘリを降りると、真夜中なのに飛行甲板はライトで照らされて明るかった。20メートルほど前方に、肩に金色の階級章を付けた群司令が5名の幕僚を従えて立っていた。群司令はにやけ顔でこちらに近づいてきた。藤井は無表情で歩いていたが、距離が5メートル程度になったところで、急に左手を前に掲げて「近づくな」という仕草をした。

藤井の無礼な態度に群司令は眉をひそめ、幕僚たちも顔色を変えて立ち止まった。

藤井は群司令に軽く頭を下げると、後ろを振り返り、黒沼に向けて怒鳴った。

「オフロード！」

即座に射撃ができるよう銃の薬室内に入れてあった弾薬を抜き出せ、という意味である。すぐさま黒沼は、藤井を含む7名に向かって号令を流し始めた。

「指向方向、右舷《うげん》水平線、ロング・ガンから」

黒沼は自分の銃も含めたライフルが、「いずも」飛行甲板の右舷の水平線に向けられていることを確認した。

「オフロード」

全員がマガジンを左手で抜き、胸のホルスターに戻した。小銃を左に90度回転させ、勢いよくボルト・ハンドル（槓桿《こうかん》）を引く。薬室に入っていた弾薬が真上に飛び上がった。それを左手でキャッチしてから、薬室内に弾薬が入っていないことを目視で確認すると静かに薬室を閉め、トリガーを引いた。

黒沼は全員の作業の完了を確認し、再び号令をかけた。

「ハンドガン、オフロード」

全員、身体《からだ》の真正面、へそのあたりに装着してある拳銃《けんじゅう》ホルスターの拳銃グリップを摑むと、銃を引き抜くのではなく、腰を左にひねった。拳銃は右腰骨の位置で銃口を正面に向けた状態になった。拳銃を右に90度回転させてからスライドを後ろに勢い良く引くと、小銃と同様、薬室内の弾薬が真上に飛び上がった。それを左手でキャッチすると、薬室内に弾薬が入っていないことを目視、スライドを静かに前進させてから、トリガーを引いた。

藤井が黒沼に、

「マインド・セット・グリーン。射耗《しゃもう》報告をさせろ」

と言った。潜水艦を離脱する時からイエローにしたままのマインド・セットを通常状態に戻し、弾薬を何発、何に向かって発砲したかの詳細を全員に報告させよ、という意味である。そして、藤井は群司令の方へ向かって歩き始めた。

「失礼しました。銃がいつでも発砲できる状態でしたので……」

群司令は再びにやにやと相好を崩し、最後には両手で握手を求めてきた。

「ご苦労さん。お手柄だね」

「実は追撃を受けましたので、外務省の衛星電話による人物確認がまだなのです」

「そうか。そんなことはこっちでやる」

群司令に目配せされた幕僚が、すぐに動いた。

「申し訳ありません。すぐにしなければならない事後処理がありますので、後ほどご挨拶《あいさつ》にまいります」

藤井は、第３小隊員を早くこの場所から離れさせたかった。

幾度となく共に訓練を重ねてきた陸上自衛隊の特殊作戦群のメンバーの多くが、ヘリごと撃墜された。特別警備隊の仲間が銃撃戦をしている最中に自分たちだけが離脱してきた。浅海は左手の肘《ひじ》から先を失い、嵐の死体はそのまま北朝鮮の地に放置してきた。その彼らが今どんな心情でいるかが、痛いほどわかる。

そんな彼らに、戦闘の現実のカケラも想像できない群司令や幕僚が、上から目線で「ご苦労さん」などと言ったら、何をしでかすかわからない。暴言を吐くだけではおさまらず、刃物を突きつけるくらいのことはやりかねない。

藤井とて気持ちは同じだった。ヘリごと撃墜された特殊作戦群を創設期から知っている藤井は、今回出撃したメンバーの全員を知り抜いている。また、自身の部下の嵐に〝捨てがまり〟を命じ、第１小隊員には「しんがり」を命じた。６名を救出するためとはいえ、自分たちの捨て石にしたという気持ちは拭えない。特に嵐は、自分を守るために死んだのだ。どうしようもない罪悪感に胸が掻《か》きむしられていく。

誰かに心の内を吐露したかった。特警隊長の久遠の顔なんぞ見たくなかったが、特殊作戦群長の天道にはひどく会いたかった。

黒沼以下の特別警備隊員は、急遽用意された20人用の部屋に通され、藤井だけが幹部寝室をあてがわれた。それぞれの部屋に入ったものの、全員ウエットスーツ姿で、所持品は武器、弾薬、爆薬、無線機くらいしかなく、着替えすらなかった。

藤井が一人で途方に暮れて椅子《いす》に座っていると、誰かがノックをした。どうせ黒沼だろうと黙っていた。声を出すのも面倒だったのだ。

扉がゆっくりと開くと、「入ります」と聞き慣れない声がした。その男は迷彩服を着ていた。陸自特殊作戦群の創隊準備から携わっていた、いわゆるゼロ期生である添《そえ》島努《じまつとむ》だった。

添島は無言で自分を見つめている藤井に、「ご無沙汰《ぶさた》してます」と言った。

藤井は視線を添島の膝《ひざ》あたりに落として、「来てたのか」とだけ言った。

添島は手にしている迷彩服一式、下着類、タオルを藤井に渡した。

「これ使ってください」

「……助かるよ。誰の？」

「格闘教官の岩永《いわなが》班長のです。藤井さんと同郷でしたよね」

「そうか」

岩永も第1空挺団《くうていだん》出身の特殊作戦群ゼロ期生である。その岩永の服を持って来るということは、彼はもうこの世にいないということだ。

「あっ、他の方にも持って行ってあります。着替えが必要なら言ってください。着替えならいくらでもあるんです」

添島は重い雰囲気を一掃しようと冗談のつもりで言い、自分も笑おうとしたが、笑顔にならなかった。藤井も笑おうとしたが、不自然に口角を上げただけになってしまった。

「岩永は俺と体型も同じだから、きっとぴったりだ」

「はい」

その迷彩服には丁寧なプレスがかけてあった。藤井は受け取った迷彩服の表面を右手で摩《さす》り、

「相変わらずだな」

と呟《つぶや》いた。藤井たちの特警隊では迷彩服にプレスをかけることを禁止しているが、特戦群にはプレスをかける習慣があるからである。

二呼吸ほど重苦しい時間が過ぎ、藤井が口を開いた。

「何人やられたんだ」

「私はチヌークの2番機だったんですが、チヌークとブラックホークの1番機に乗っていた者、合わせて21人やられました。目の前を2機が、腹を見せながら墜落していきました。そのまま地面に激突して炎上して……。ほんの2、3秒の出来事で、乗っていた者は、何が起きたのかさっぱりわからないまま、地面に叩きつけられて即死だったでしょう。それはそれで救いなんですが……」

「岩永以外に俺が知っている奴《やつ》は誰が……。いや、言わなくていい。そんなこと知ってもしょうがねえ」

「はい。特警も何人かはやられたのでしょうか……」

「ああ、嵐は俺をかばって撃たれた。頭を飛ばされて即死した。しんがりの第1小隊の奴らも、全員は帰って来れんだろう」

藤井は一瞬天井を見て、大きく息を吐いてから続けた。

「でも、あいつらはまだいい。戦闘損耗だからな。〝いくさ〟で命を落とすのはしょうがない。けど、岩永たちは非戦闘損耗だ。仕事する前に撃墜されているからなあ。あれだけの思いで毎日毎日作ってきた心と身体と技術を使う前に殺されちまった。無念だったろう。めげるな……」

「はい……」

「でもよ、普通に暮らしていた人がかっさらわれて、その居場所がわかっていながら、救出すると被害が多そうなので止《や》めときますってあるか？　世の中には、コスパじゃ割り切れねえものがあるんだ。救出できる人数とその際に失う人数の割が合わないので見て見ぬふりをします、それはねえ。一歩も一ミリも譲れないものってあるよな。その時のために俺たちはいるんだ」

さらに重い空気になり、ふいに添島が「帰ります」と言って藤井の部屋を出て行った。藤井は無言で、小さくゆっくりと首を何度も縦に振った。

また一人になった藤井は、椅子にへたり込むと、大きく息を吐きながら感傷に浸ったが、すぐに我に返ると、飛行甲板下の多目的室に向かった。ここはＣＩＣ（コンバット・インフォメーション・センター：戦闘指揮所）に隣接する司令部機能を備えた区画で、暗い室内のラージ・スクリーンには、レーダーによる空中、水面情報だけでなく、ソナーからの水中情報も表示されていた。

藤井は多目的室にあるパソコンで「戦闘詳報」を書き始めようとしたが、とても書く気にはなれなかった。残してきた第１小隊員が乗っているはずの「うんりゅう」が気になって頭から離れないのだ。

「しんがりか……。何人が「うんりゅう」に回収されたのだろう？　ジュダイ（堀内）は生きているのか？　生きてるとすれば、何人失ったんだ？　俺は、ギャングの左腕と、アグレッサー一人を亡《な》くしただけで結構こたえてる。ジュダイはどんな気持ちで、何を考えて「うんりゅう」にいるんだ……」

気持ちを切り替えて、潜水艦を離脱してから現在乗艦中の「いずも」に着艦するまでのすべての記憶を辿り、時系列に従って文字にしていった。藤井は首筋中央の凹《くぼ》んだ部分、いわゆる盆の窪《くぼ》を椅子の背もたれ上端に当て、斜め上を向いて目をつぶり、キーボードを叩き始めた。

記憶として脳にある動画を再生し、その映像を見ながら戦闘詳報を書いた。だから、その時に吹いていた風の方向まで再現できた。

藤井は戦闘詳報を書きながら考えていた。

［なぜ「待ち伏せ」されたのか？　戦死者の扱いはどうなるのか？　この一連の作戦行動はどこまで報道され、総理大臣の葛田は会見でどのように説明するのだろう……］

艦内放送が流れた。

「総員起こし5分前」

藤井は正面のスクリーンの上にあるデジタル時計を見た。

〈Aug. 14 05:55〉

そう表示されていた。今は8月14日、05：55なのだ。台風で荒れ狂う海面で潜水艦を離脱してから6時間も経《た》っていないことに愕然《がくぜん》とした。誰にも聞こえない声で呟いた。

「盆休みのど真ん中、海だ、山だ、ディズニーランドだと、日本中が浮かれてる。そんな日に、同じ国の、同じ時代を生きる者が、人知れず死んでいった。感謝されたいわけでも同情されたいわけでもないけど、彼らの思いも、行動も、誰も知らない……。そんなものか……」

「藤井3佐。外務省の人物確認が終了しました」

先ほどの群司令の指示を受けた幕僚が来て、6名の人物確認が終了したことを藤井に告げた。

「内訳はですね、5名が日本人、1名が韓国人だったんです」

「韓国人？」

「問題ありません。拉致被害者と夫婦関係にあり、過去にもアメリカ人の配偶者の存在がありましたし、政府は入国許可を出しました」

「そうですか……」

自分がひどく猫背になって下を向いているのに気づいた藤井は、肩甲骨を寄せて大きく胸を開いた。

第4章　帰還

空母「いずも」
20××年8月14日13時

藤井たち第3小隊員9名と6名の拉致《らち》被害者を乗せたヘリが、空母「いずも」に着艦した1時間後、〝しんがり〟を務めた堀内たち第1小隊員6名が、潜水艦「うんりゅう」に収容された。

撃墜されなかったヘリコプターの機長ら3名と藤井、堀内、生き残ったこの5人から、衛星通信で戦闘詳報が次々と市ヶ谷の作戦室に送られた。それらは時系列に各事項をまとめた報告書となり、作戦行動の全体像が判明した。

作戦は極めて順調に、計画通り進んでいた。海自特別警備隊の潜水艦からの離脱及び隠密《おんみつ》上陸も、対空砲基地の破壊活動も、すべてが予定通りだった。ところが、強襲着陸をするはずだった場所を先頭のブラックホーク1番機の機長が確認した直後、地上からミサイル攻撃を受け爆発、炎上しながら墜落。さらに、後方を飛んでいたチヌーク1番機も同様にミサイル攻撃を受け爆発、炎上しながら墜落した。

この時点で、ジョイント・タスク・フォース1のブラックホーク搭乗員2名、ブラックホーク搭乗中の陸自特殊作戦群4名、チヌーク搭乗員3名、チヌーク搭乗中の陸自特殊作戦群17名が犠牲になった。主作戦のチームが壊滅したのだ。

時をほぼ同じくして、支作戦だったはずのジョイント・タスク・フォース2の海自特別警備隊第3小隊は、監視所を無力化している最中に、護衛総局にいるはずの拉致被害者6名を発見した。監視所の無力化を取りやめ、撃墜を免れた3機のヘリを監視所近くの海岸に急行させて、チヌーク2番機により、拉致被害者と共に離脱した。この際、2名が被弾し、1名が死亡、1名が左腕を失っている。

同じくジョイント・タスク・フォース2の海自特別警備隊第1小隊は、監視所に隣接する対空砲基地の破壊活動を終えた後に、第3小隊と拉致被害者を追撃していた北朝鮮軍部隊と監視所付近の海岸で交戦し、4名が死亡した。残りの6名は水中スクーターで現場を離脱、潜水艦に収容されて、現在帰国の途にある。

日本側の死者は31名、内訳は次の通りだった。

・陸自航空機搭乗員5名
・陸自特殊作戦群隊員21名
・海自特別警備隊員5名
なお、北朝鮮側の犠牲者数は不明である。

すべての情報が記された報告書は、厚さ2センチを超すものだったが、真面目《まじめ》に読む者はほとんどいなかった。出世と保身に必要なのは、戦死者数と救出した人間の数だけだった。

8月14日、13時。拉致被害者と特殊作戦群の隊員を乗せた輸送ヘリ「チヌーク」が空母「いずも」を飛び立った。三重県の明野駐屯地を経由して東京方面へ向かうためである。

藤井たち9人は、1時間後の14時に、山口県の岩国航空基地から迎えに来た海上自衛隊のヘリMCH－101に乗り込んだ。一気に江田島の特別警備隊の基地内にあるヘリポートへ帰投するのだ。

ヘリは「いずも」でホット・ポンプを終えると静かに発艦した。ホット・ポンプとは、ホット・リフューエルとも言い、エンジンを停止せずに燃料を補給することである。

藤井はコックピットのすぐ後ろにある搭乗口から機内に入ると、後部ランプに近い一番奥のキャンバス製簡易シートに腰を下ろした。一般の座席よりも風が通って涼しい。

藤井は搭乗員から渡されたイヤー・マフをした。エンジン音、特に金属音が遮断されると、落ち着いて自分一人の世界に入っていけた。腕を組み、視線を3メートルほど先の床に向けた。とても眠りに落ちるような精神状態ではないし、かといって考えごとをする気にもなれない。余計なことを思い出すのが怖いのだ。目を開けながら寝ているような瞑想《めいそう》状態に入っていた。

ふと我に返って、小窓越しに下を覗《のぞ》くと中国自動車道が見えた。

ヘリコプターは飛行機に比べてのんびりとしたイメージだが、スピードは新幹線とほぼ同じ、時速300キロぐらいは出る。

藤井は珍しく独り言を言った。

「あと20分で着いちまうじゃねえか。バブルス君（久遠）に会わなきゃなんねえ。バブルスってあだ名付けたの、アグレッサー（嵐）だったな……。くだらねえ形見残しやがって……」

ヘリは江田島に到着した。藤井がヘリポートに降りると、副長の山崎が立っていた。ローター音がうるさいので会話はしない。藤井が軽く会釈《えしゃく》をすると、山崎はにっこりと頷《うなず》いた。

藤井は山崎の右隣でヘリの方を向いて立った。次々と第3小隊員が降りて来て、藤井の右に横一列となって並んだ。最後の者が列に入ると、ヘリはエンジン音を強めて離陸して行った。第3小隊員がみな手を振る。小窓の向こうで搭乗員の白い手袋がワイパーのように動いている。

ヘリが遠ざかり、ようやく会話ができるようになると、藤井から山崎に話しかけた。

「戦闘詳報は、お読みになってますね」

「読んだ」

「そうですか。堀内たちの潜水艦はいつ入港ですか」

「隊長室で話そう。いくつか話がある」

「武器を格納して、弾薬と爆薬を返納したら、隊長室へ行きます」

15分後、藤井が隊長室をノックした。

「第3小隊長、入ります」

中の返事を待たずにドアを開けると、久遠隊長と山崎副長が応接セットに座っていた。

「ただ今戻りました」

藤井は促されるまま久遠の正面に座った。

「ご苦労だった。犠牲者が出たのは残念だが、本当によくやってくれた。俺としても鼻が高いよ。疲れているだろう。好きなだけ休んでくれ。その前にいくつか確認したいことがある。もちろん、戦闘詳報は読んでいるから、些細《ささい》なことだ」

「はい。ありがとうございます」

部下をねぎらう久遠を、藤井は初めて見た。尖閣から戻った時も「これくらいのことで調子に乗るな」という表情で藤井たちを迎えたからである。

［なんだかんだ言っても、こいつも人の子、部下５人を失ってこたえているのか
……］

「何か、紛失したもの、持って帰れなかった装備品なんかあるかな？」

「あります。本来は帰投時に使用するはずだった水中スクーター５台と特殊潜水器10個は、上陸地点の沖合の海中に隠したままです。戦闘中に空になったマガジン５つ。後は、嵐が身に着けていたものすべてです」

「嵐については、身体《からだ》も装備品も第1小隊が爆破処理したが、よりによってスクーターと特殊潜水器か？　そのふたつは武器扱いなのはお前だって知ってるはずだ。弾倉も武器の一部だからな。まったくエラいものを置いて来てくれたな。どんな顔して報告するんだ。自衛艦隊司令官に報告するのは俺なんだぞ」

表情が激変した久遠の顔を、藤井は呆《あき》れた表情で見ていた。藤井はゆっくりと低い声でしゃべりだした。

「心配はそこですか。うちは5名、特戦は21名死亡しているんです。もっと他に考えなきゃならないことがあるでしょう。銃撃戦してたんです。マガジンなんか拾って来れません」

「ああ、だからなんだ。指揮官をやったことのないお前なんぞに、何がわかるんだ！」

久遠はこれまで溜《た》めていた藤井への怒りを爆発させて、大声で怒鳴った。藤井は大きく息を吸うと、久遠が最も嫌う小馬鹿《こばか》にする目つきで静かに言った。

「ご自分が指揮官だとでも、お思いですか」

副長の山崎はギョッとした目で藤井を見たが、止めはしなかった。

「人事発令されたら指揮官になれるとでも思ってるんですか。あなたが指揮官かどうかを決めるのは、上の者ではないんですよ。あなたより下の者、俺たち部下が決めるんです」

怒り心頭だった久遠だが、藤井の発言に大きく息を呑《の》んで黙りこんだ。そして大きく深呼吸をすると、静かにしゃべりだした。

「お前なんぞに邪魔されてたまるか。絶対に、邪魔はさせない」

藤井は、〝邪魔〟を連呼する久遠を不思議そうな目で見ていた。

「指揮官かどうかを決めるのは部下だと！　ふざけんな！　冗談じゃねえ！　俺はな、指揮官配置に就くことを夢見て、防大を受験し、少しでも上の配置に行くために、気まぐれでわがままな上官の要求に応《こた》えてきたんだ。要求だけじゃない。ゴルフ好きの上官と親密になるためにゴルフを始め、髪型にうるさい上官がいれば2週間に1度は床屋に行った。お前のように好き勝手に生きている奴《やつ》に台無しにされてたまるか。絶対に邪魔はさせない。馬鹿にするな！」

最後はどなり声で言い終わった久遠は、足下を見つめ、肩で息をしていた。

藤井は、黙って久遠を見ていた。その表情から怒りは消えていた。

「こんなに格好の悪いことを口に出すなんて、大したもんだ……。好きじゃねえけど、正直でいい奴じゃねえか」

沈黙が続いた。副長の山崎は、その30秒が耐え切れず、口を開いた。

「まだ遺族には何も話していないんだ。誰が話すのがいいかと思って、迷っている」

「迷っている？　嵐の家族には私が話しますし、第1小隊員の家族には堀内以外いないでしょう。あいつは、小隊長として4人全員の最期《さいご》を見ているはずです。それを伝えるために、わざわざ生きて帰って来るんです。私だってそうです」

久遠は既に上の空だった。頭の中は、この事件をどう上手《うま》く処理して藤井を部隊から追い出すかだけだった。

「こいつの好きなようにさせ、結果をこいつのせいにして、追い出してしまえばいい」

そう考えがまとまってきた。その隣で山崎は、遺族の件で真剣だった。

「それはそうだろうと思う。だけどな、実際のところ間に合わないんだよ。総理の記者会見は明日15日の13：00（ヒトサン）で、堀内の乗った潜水艦が呉《くれ》に入港するのは17日の17：00（ヒトナナ）だ」

「そっか、それが潜水艦ですね」

「時速300キロのヘリと、時速18キロの潜水艦だもんな。ジュダイは、どんな気持ちで潜水艦にいるんだ……」

「だから、堀内を待つのか待たないのか、迷うんだよ」

副長の声で我に返った藤井は、きっぱりと言った。

「いや、なんとしても総理の会見前でないとだめです。むごすぎます」

「むごい？」

山崎が首を傾《かし》げた。

「世の中は盆休みで休暇モードなのに、夫は突然仕事だと言って出て行った。その段階で感づいています」

「感づいている？」

「家族には隠し切れるものではありません。隊員たちは決して口には出しませんが、出動の時は生きて帰って来ることはないだろうと思いながら家を出て来ますから。どう隠そうとしても、家族はその心情に気付きます。そうやって違和感を覚えて送り出した数日後に総理の記者会見、作戦行動中の自衛官31名の死亡という発表ですよ。まさかまさかと思いながら待つ。これほど辛《つら》いことはありません」

「そうか……。そうだよな……」

ようやく意味の呑み込めた山崎は、ため息をついた。

「家族の心情は、まさか、もしや、たぶん、きっと、となっていきます。その時が一番不安で苦しいはずです。そんな時間を、一瞬たりとも過ごさせてはいけません」

「堀内を待たないとすると、俺と藤井か」

「はい。明日の午前中に回りましょう。うちであちらの世界に行っちまったのは5人です。嵐はもちろん、幸か不幸か全員の嫁さんを知ってます」

「そうか、それがいいようだな。隊長、それでやらせてください」

山崎の申し出に、久遠はすんなり答えた。

「わかった。そうしてくれ。俺が必要なら、遠慮なく言ってくれよ」

「ありがとうございます」

藤井は鼻でこそ笑わなかったが、視線を下に外しながら小さな声で「いや」と言って久遠に右手をかざした。藤井に余計なことを言わせないために、山崎は次の話題を急いだ。

「あとな、藤井。部隊葬の日程だ」

「それは、いくらなんでも堀内が帰ってからじゃないと……」

突然、明るく久遠が口を挟んだ。

「そりゃそうだ。参加した全隊員が戻ってないのに部隊葬は、あり得ないだろ。それを理由に日程を遅らせられたら好都合だしな」

　山崎は、不思議そうな顔をして質問した。

「好都合とは？」

「考えてもみろ。明日の総理の記者会見以降、うちと習志野の正門には、脚立《きゃたつ》とテレビ・カメラを持ったマスコミが大挙して押しかけるぞ。作戦に特戦群とうちが絡《から》んでることは、取材を進めればわかるからな。部隊葬の画《え》が欲しいし、何より遺族の声を狙《ねら》うはずだ。マスコミは、初物狙いだ。遅ければ遅いほど、うちの注目度は下がる」

「そうでしょうか……」

「特戦群は、明後日の朝一だろ。習志野に世間の注目を集め切ってもらって、うちは、ひっそりといきたいもんだ……。あと、副長はよく見てきてくれ」

「よく見る？」

「そうだ。習志野の部隊葬に参列しながら、首相の動き、マスコミの動きをよく見て来るんだ。部隊葬なんてそうそうあるもんじゃないからな、慣れてないからいろいろ細かい失敗もあるだろうし。それを見て来るんだ。参考にする」

　久遠の発言に、冷め切っていた藤井が発言した。

「ところで、うちは祭壇くらい作ってあるんですか」

「まだだ……」

「簡単なもんでいいんです。隊員に言って、今から娯楽室に作らせます。写真と装備品くらい置きたいですね。構いませんね、隊長？」

「いいだろう」

「じゃあそういうことで、失礼します。副長、明日は、旗を揚げたら出ましょう。正装です。ドライバーはうちの小隊の者にやらせます。午前中には回り終わるでしょう」

自衛隊では、毎朝8時に国旗もしくは自衛艦旗（軍艦旗）を掲揚する。その後に、死亡した嵐と第1小隊員4名の家をすべて訪問するという意味だった。

翌朝、山崎と藤井が最後に訪れたのは、嵐の家だった。山崎が呼び鈴を押すとまもなく扉があき、嵐の妻が現れた。山崎とは初対面だったので、海上自衛隊の白の詰襟の制服を見て、不思議そうに言った。

「主人は、仕事でおりませんが……」

山崎の後ろから、同様に白の詰襟を着た藤井が現れると、息を呑みながら右手で口を覆《おお》い、どこにも焦点が合っていない目で言った。

「やっぱり……」

驚いた表情を見せている山崎をよそに、藤井は黙って頷いていた。

「そうですか。こんなところでは……。中へどうぞ」

嵐の妻は、無言で正座をしている山崎と藤井に麦茶を出しながら言った。

「藤井さんは、主人の最期を見ていらっしゃるんですよね？　それを私が伺える時は来るんですか？」

「私を庇《かば》ったんです。私を生かそうとして被弾し、散華《さんげ》されました。今、お話しできるのはここまでです」

「散華？　ああ、散るに華、と書くんですよね……。あの、何かありますか？　最期に身に着けていたような、形見のようなもの……ある訳ないですよね、いいんです。覚悟はできてるんです。大丈夫です」

「作戦行動中のことなので、言えること、言えないことがあります。が、しかし、お話しできることはすべてお話しします。必ず……。あらためて、出直して参ります」

静寂を山崎が破った。

「私どもも、あまり時間がございませんので、これで失礼させていただきます。これからどうなっていくのか、いろいろ不安もございましょう。何をしたらいいのか混乱もされていると思います。後ほど、部隊での葬儀がどう進んでいくのかなど、担当の者がご説明にあがりますので……」

「はい……」

藤井は勢いよく立ち上がると、俯《うつむ》いてまだ動けないでいる彼女に敬礼をし、「それでは」と言って、一気に背中を向けた。山崎は、慌《あわ》てて藤井を追った。

8月15日、13時。テレビ画面は首相官邸の記者会見室を映していた。

背景のカーテンが、官房長官の定例記者会見で使用される薄い青色ではなく、重厚な赤紫色のものになっており、今から重大な話がなされることを示していた。

葛田総理が少し足早に登場し、国旗に一礼すると演台の前に立った。司会役の内閣広報官の声が流れた。

「ただいまより、葛田内閣総理大臣の記者会見を行います。初めに総理から発言がございます。その後、皆様からの質問をお受けしますので、それまではご静粛にお願い致します」

藤井たち特別警備隊の隊員は、祭壇のある娯楽室で車座になってテレビを観《み》ていた。

「本日、みなさまにお集まりいただいたのは……」

葛田はゆっくりと話を始めた。定期的に左右に視線を振りながら、丁寧に今回の事象について説明をしていく。

「私は日本国の内閣総理大臣として、自国民の生命を守るという国家としての大原則を貫くために、自衛隊による拉致被害者救出作戦を実行することとしました。奪い去られた同胞たる日本人を救出する。当然のこととして決しました」

これまでのどこか頼りなげな葛田とはうって変わっていた。手代木が書いたシナリオの、ここ一番の大役を演じ切っていた。

「まずは外交交渉をもって解決するのが理想であり、議論も忍耐も譲歩も必要でしょう。しかし、それらに全力を尽くしても解決することが、どうしてもできない、そして、それが国民の生命に関わる一刻を争う問題だというのであれば、最後の手段ではありますが、武力をもって国家としての威厳を貫かなければならないはずです。そのために、年間5兆2000億円の国家予算を投じ、24万人の自衛隊員に平素から心を整え、技を磨き、身体を錬磨させ、時にはそのすべてを捧《ささ》げることを義務付けているのです。拉致被害者の皆さんの居場所がわかった。しかも、米朝の武力衝突が間近に迫っている可能性があり、そうなれば、北朝鮮は拉致被害者を人間の盾にする可能性も否《いな》めない。だが、私たちの自衛隊には救出する能力がある。

まだまだ確かに議論の余地はありました。が、しかし、議論の余地があるからと言って、決断を遅らせ、拉致被害者の方の身に危険が及ぶことを見過ごしていいのか。そうできる人たちもいるのでしょう。でも、私にはできませんでした。だから、自衛隊の、厳しい訓練を積み重ねた部隊の諸君に、行ってくれ、と命じました」

この会見のテレビ放映の直後に流れた、拉致被害者の三村裕太が老いた母親と抱き合う姿は、すべてのテレビ局で繰り返し放送され、各新聞社とも号外を発行した。息子の救出を訴え続けてきたその母親の顔を知らぬ者はいなかった。

野党は一斉に「暴走政権」と叫び、猛反発した。マスコミも一斉に政府を批判し、デモも各地で行われたが、三村母子の抱擁は、抗《あらが》う声のすべてをかき消すものだった。

葛田首相の会見は成功し、内閣支持率が7割を超え、普段はなりを潜めている「愛国心」が、ネットの世界のみならず日本国中に吹き荒れた。手代木官房長官の目論見《もくろみ》通り、党内で葛田下ろしが巻き起こるどころか、政権の基盤は揺るぎないものとなった。そして、このタイミングで外務省のボイコットの一件がリークされ、愛国感情に押し流された多くの人々は、自衛隊には最大限の賛辞を送る一方で、外務省に罵詈《ばり》雑言を浴びせ続けた。

翌日、山崎副長をはじめとする藤井たち特別警備隊員は、特殊作戦群の部隊葬のために習志野を訪れた。白の詰襟の上着に白手袋、夏期第1種礼装と指定されている姿で参列した。うだるような暑さの中、葬送式では、いよいよ弔銃《ちょうじゅう》のための儀杖隊《ぎじょうたい》が棺《ひつぎ》の前に並んだ。儀礼刀を持った1名の指揮官と小銃を持った9名の儀仗隊員は、棺に対して、着剣《ちゃっけん》（小銃に銃剣を装着する）捧げ銃《つつ》（小銃を携行した状態での最高位の敬礼）を行った後、銃口を45度上空に向け、空砲を3発発射した。一糸乱れぬ動きで威風堂々と退場していく儀仗隊を見ながら、藤井はつぶやいた。

「絵にはなるけどよ……。棺が21も並んじまうとな……。覚悟だなんだと言ったたって、〝めげる〟時は、〝めげる〟よな」

葬式が終わると、藤井は一人習志野に残り、群長室へ向かった。

「脱いでいいですか」

「ああ」

上着を脱いでスタンドカラーの長袖《ながそで》Yシャツ姿になった藤井を見て、天道が目を丸くした。

「へぇ、下にそんなの着てたの。そりゃ暑いな。半袖のシャツだと思ってたよ」

「暑いんですよ。だけど、半袖シャツだと袖口から素肌が見えちゃうでしょ。帝国海軍からなんでしょうね、うるさいんですよ。しかも錨《いかり》のカフスをしなきゃいけないし」

「海軍は格好つけすぎだな。俺なら倒れるよ」

秋田生まれの天道は、呆れながら言った。

「ところで、葛田総理は大丈夫ですかね」

「ひどかったな」

「昨日の記者会見は、調子良かったのにね」

特殊作戦群の部隊葬に参列した葛田は、日の丸に包まれた21基の棺が整然と並んでいる式場で、みるみる衰弱していった。葬式の式次第を完全に忘れ、棺の傍らの遺影に深々と頭を下げ、揉《も》み込むように手を合わせ、遺族一人一人に涙ながらに声をかける姿は、国家を代表する総理として異様だった。

「記者会見は政治家らしくうまく演じられたけど、棺桶《かんおけ》に囲まれたらそうはいかんかったな。性根が見えちまったな」

「ところで、部隊の雰囲気はどうですか？」

「全然変わらんよ。そんなもんだろ。そっちもだろ」

「はい。でも、うちはやられたのが5人で、ここは21人です。それだけ戦死者が出ても変わりませんか。転出希望する奴とか、出てませんか？」

「一人もいないよ。むしろ雰囲気は逆だ。創設の頃に戻った感じだ」

一瞬、藤井が黙ると、天道が尋ねた。

「そっちはいるのか？」

「いや、いません。いないと言うか、転出したくても、うちはそう簡単に出られないんですよね。そこが陸の特殊部隊と海の特殊部隊の非常に大きな違いです」

「どういう意味だ？」

いつも表情の変わらない天道だが、この時は珍しいものを見つけたかのような顔で藤井の言葉に食いついた。

「天道さんも御承知のように、まともな特殊部隊員になるには、正規の隊員になってから5年はかかります。23歳で挑戦し、2年間の教育期間を終えて25歳で特殊部隊員になっても、本当の働き盛りは30歳から40歳です。問題はその後なんですよ。陸の場合はどこの部隊に行っても、最高の技術と類《たぐい》まれな経験と理想的な肉体を持った人間として重用されるでしょう。海の場合はその逆です」

「逆？ 役立たずになるってことか」

そんなわけはないだろうと思った天道は、薄く笑みを浮かべて首を傾げた。藤井はしごく真面目な顔で答えた。

「そうなるんです。特警隊出身者はいろんな意味で役立たずなんです。特殊部隊での知識、技術、経験を活《い》かす場所が他にまったくないんですよ。射撃の技術、夜間ノー・ライトで道のない山を移動する技術、パラシュートで目標地点に降下する技術、戦闘艦や潜水艦の乗組員にとってはすべて、まったく必要ありません。そればかりか、その分、戦闘艦、潜水艦乗組員として必要な知識と経験がない。40歳の新兵みたいなもんです。しかも階級だけは持っている」

「そう言われればそうだな……」

「ま、そんなもんです。ところで、なぜあのタイミングであそこにＲＰＧ（対戦車ロケット弾）があったんですかね？ 誰も話題にしませんけどね」

「ずいぶん飛ぶな……」

「すいません。私には今しかないんですよ」

「今しかない？」

「はい。私は江田島では、隊長や副長とは業務的な会話しかしません。本質的なことを話しても、まともな答えが返って来るわけがないからです。二人は特殊戦のことは何も知らないんですよ。当たり前ですよ、教育を受けてないんですから。まあとにかく、特殊戦に関することは無論のこと、腹を割れる先輩は天道さんだけなんです。だから、聞きたい話は山ほどあるんですよ」

「あっそう、大変ね」

「大変ですよ。RPGは確かに安いし、ちまたに氾濫《はんらん》しているので、北の奴らも使います。でも、あの場所にあらかじめ置いてあるものではないですよ。身辺警護が任務の護衛総局が、対戦車ロケット弾をわざわざ持ちこまないですよね」

「ああ、そうなんだよな。俺もおかしいと思ってるんだよ。しかも、拉致被害者は、作戦の前日に移送されている。お前たちが監視所へ行かなければ、拉致被害者は救出できず、隊の被害だけ出して終わったんだ。北朝鮮にいつ、誰が、どうやって、何をしに来るか、漏れていた可能性がある」

「そうなんですよ。私は拉致被害者から急遽《きゅうきょ》移されたと聞いた時、何とも言えない嫌なものを感じたんです。アンブッシュがかけられているかもしれない、って思ったんです。天道さんも衛星電話で、完全なアンブッシュだ、って言ってましたよね。やっぱり情報が漏れていたんですかね」

「漏れている。しかし、北朝鮮は護衛総局に我々がヘリで強襲をかけることは知っていたが、藤井たちが監視所と対空砲基地を無力化しに行くことまでは知らなかった」

「この作戦を知っていて、ジョイント・タスク・フォース1の動きは知っているが、ジョイント・タスク・フォース2の動きを知らないなんて奴いますか？　防衛省と官邸のごく僅《わず》かな者しか知らない作戦ですよ。知っているなら、作戦の全部を知っているはずです」

「そこなんだ。だから、リークしたのは一部の情報しか知ることができなかった奴ということになる」

「そんな奴、いませんよ」

藤井は腕を組み、頭を少し右に傾け、焦点を遠くにして天井を見ていた。1分ほどしてから腕時計を確かめた。

「じゃあ、そろそろ私は失礼しますかね」

「あれっ、そうなの？　もう帰るの？　なんかあんの？」

「なんかあんのって、私、一応公務員ですから、出勤とかしないとね」

いつもながら、自分よりも自由過ぎる天道に、藤井は苦笑した。

「っていうか、明日『うんりゅう』が入港するんです。第1小隊の生き残りは、まだ日本の地を踏んでないんですよ」

「そうか、それは凄《すご》いな……。潜水艦から出てみたら、首相の記者会見は終わっているわ、うちの部隊葬は終わっているわ、浦島太郎の気分になるんだろうな」

「でしょうね。我々だって、思い出すとすべてが、結構昔のことのような気がしますもんね」

「しかし、潜水艦って、ずいぶんとゆっくりなんだな」

「そうなんですよ。海自の最新の潜水艦ですが、水中での巡航速度は10ノット、時速約18キロです」

「自転車よりちょっと速いくらいか。そんなんでいいの？」

「よくはないです。静かなことも大切なんですが、最高速も実は戦術上非常に重要です」

「どうして？」

藤井は下を向いて、どう説明するかを考えた。

「陸上で銃弾はかわせても、振り切って逃げることはできません」

「ああ」

「それは、段違いに弾丸のスピードが速いからです。人が全力疾走したって、車でフル・アクセルしたって無理です。空の世界だって、ジェット戦闘機は乗っている人間が加速に耐えられないので、マッハ３（マッハ１＝時速約１２２４キロ）が限界でしょう。対して、ミサイルはマッハ4とか5の世界です。２倍から3倍の速力差があると逃げられない」

天道は目を輝かせて聞いていた。同じ自衛官でも、職種が違えば知らないことがたくさんある。

「ところが、水中の世界は速力差があまりないんです。魚雷の速度は50〜70ノット、時速90〜１３０キロです。対して、原子力潜水艦の最高速度は45ノット、時速80キロ。たった5ノット、時速10キロしか変わらないんです。だから、逃げ切れる可能性は高い。速度は非常に大きなファクターになります」

「なるほどな。速力差って、想像すらしたことないな。振り切られるという発想は我々にはないよ」

「もちろん加速力とかいろいろなものが影響するんですが、速力差が驚くほどない世界なんです。ちなみに、メカジキは時速１００キロ以上で泳ぐという説もあります。これが本当なら、魚雷は追いつけないかもしれない」

「それは驚くね。戦闘機やミサイルとほぼ同じスピードの鳥が飛んでるようなものか……。ところで、『うんりゅう』の入港は何時だ？」

「17：00（ヒトナナ）です」

「じゃあ、明日の朝イチで帰った方がいいな。お盆だぞ、普通の時間帯は混んでる」

天道がそう言って藤井の返答を促した。藤井は微笑《ほほえ》んで頷いた。

「はい。じゃあ、天道さんの官舎で一杯やりますか」

「飲むものはいくらでもあるが、食うものはない」

「わかってます。鍵《かぎ》、貸してください。先に買い物して用意しておきます」

どんなに自由な天道でも、明るい時間帯に駐屯地を出て酒の肴《さかな》を買いに行くわけにはいかない。なので、藤井が習志野を訪ねた際は、しばしばこのパターンになる。

藤井と天道は、無言で飲んでいた。

テレビでは18時からのNHKニュースが流れていた。トップ・ニュースは北朝鮮のクーデターの続報で、アメリカからの情報によれば、小規模なクーデターは失敗に終わったと報じていた。映像が習志野駐屯地の正門になり、特殊作戦群の部隊葬になったのを見て、天道はテレビを消した。

藤井は話したいことがこみ上げているのに、なぜかうまく切り出せなかった。静寂の中、酒を飲み込むときのゴクリという音しか聞こえない。二人とも普段から酒を飲むピッチは速いが、今晩はいつにも増して速かった。

傍目には天道も藤井も平常心のように見えたが、心の中はそうではなかった。自衛隊初の実戦闘における戦死者21名の部隊葬を行った晩だったのだ。

藤井は、天道に話すべきか、話さざるべきか、二つのことで迷っていた。

一つは、護衛総局にいるはずの拉致被害者を発見した時、自分が真っ先に天道に衛星電話をかけていれば、特戦群の21名とヘリ搭乗員の5名は死なないで済んだのではないかということである。あの時の藤井は、監視所と対空砲基地で作戦中の自分の部隊へ先に無線指示を出した。

「発見した拉致被害者を安全に早く連れ出すためにと思ってしたことだが、仮に衛星電話を先にしていれば……」

後悔に近い感覚が消えないのである。

ここで吐き出せば楽になる。しかし、藤井は話すのを躊躇《ためら》った。いざ話そうとしたら、自分がそうする理由に嫌なものを感じたからだ。

「自分は天道に「それは仕方ないだろう」と言って欲しいだけなんじゃないか」

そう思い始めたのだ。本当は慰めて欲しいだけなのに、後悔しているかのような言い方で、天道に自分の行いを正当化してもらおうとしていることに嫌悪感《けんお》を抱いた。

もう一つは、拉致被害者と藤井たちを離脱させるために戦って死んだ特別警備隊員と、戦う前にヘリごと撃墜されてしまった特殊作戦群の戦死者の違いである。

「特戦群の戦死者の場合は、非戦闘損耗だ。さぞかし無念だっただろう」

この違いに気づいている者は非常に少ないだろう。だが、天道は絶対に苦しんでいる。口には出さないが、天道にとっては、虎《とら》の子の部下を失ったことより、非戦闘損耗をさせてしまったということの方がはるかに辛いはずなのだ。

藤井がそれを言葉にしたところで、「俺はわかってますよ」と言っているのと同じで、そんな自己主張をして何になる、と思った。

結局、どちらも話題にすることを止《や》め、酒をぐいと飲み干した。

その時、胸のポケットに入れた携帯電話が振動を始めた。取り出すと、今時珍しい「公衆電話」の表示だ。

「藤井さん、富士子です。やっぱり生きてましたね。今、日本に着きました」

「えっ？　あっ、うん」

マレーシアの殺害事件の見立てを訊《き》いてきた時以来の意外な人物からの電話に、頭の切り替えができず、藤井は言葉に詰まった。そうと知ってか知らずか、岩倉富士子は一方的にしゃべり始めた。

「私が日本に来た理由は、藤井さんと直接話がしたいからなんです」

「えっ、直接？ なんだろう？」

「それは会ったときお話しします。今どちら？ 江田島《えたじま》ですか？ そちらに行きます。そのために来たんですから」

「いや、急にどうしたの？ 江田島じゃないけど、今どこなの？ まだ空港？」

「はい。成田です」

「近いといえば近いけどね。直接話したいって何？ プライベートなこと？」

藤井が横を向くと、天道はいぶりがっこに箸《はし》を伸ばして視線を下げていた。

「プライベート？ 違います」

「そうか、そうだよな……。今、兄弟部隊のヘッドの人といるんだ。習志野にいるんだよね。ここへ来る？」

藤井の視線に気づいた天道に、藤井は右の人差し指で床を指さし、その直後に親指を立てた。ここに人を呼んでもいいかと訊いたのである。天道は、誰が来るのかもわからなかったが、首を縦に小さく2回振った。

「えっ、そうなんですか。もしかして、いつも藤井さんから聞かされていた天道さんですか？　それは、すごく都合がいいです」

「2分後にかけ直すよ。あっ、公衆電話か。じゃ、かけ直して。来る方法を調べておく」

藤井は、いったん電話を切った。

「すいません。今、成田に降り立った友人なんですが、何度もお話ししたことがある岩倉富士子という情報屋です。盗聴が怖くて、電話やメールでは伝えられない情報を持ってるんだと思います。成田からだとどう来るのが早いですか」

「ここへ呼ぶのか？」

「はい、お願いします」

「あっそう。まあ、いいけど。お前、その人のこと好きなの？」

「好き？　いやいや、そんなんじゃないです」

「あっそう。好きなんだ。ここへ呼ぶくらいだから」

「全然違います」

「いいじゃないか。京成の特急で津田沼まで来て、あとはタクシーだな。駐屯地までと言えばいいよ。1時間弱だろう」

岩倉富士子が天道の官舎に着いたのは、19時半頃だった。

「はじめまして。岩倉と申します。お噂《うわさ》は、かねがね伺っております」

「あっ、そう。まあどうぞ」

天道は決して冷たい人間ではないが、きめ細かいもてなしができるタイプではない。無論、愛想笑いもできない。この時も本人は、藤井の心情を知って精一杯もてなしているつもりだったが、仏頂面《ぶっちょうづら》で、座布団《ざぶとん》もない板の間に座るよう手で促していた。天道が一升瓶の首を摑《つか》んで、岩倉の前に突き出した。岩倉は慌ててテーブルの升をとった。

3人は、軽く升を合わせ、飲み始めた。天道が一升瓶の栓を開けたまま床に置くと、部屋の中は静まりかえった。手持ち無沙汰《ぶさた》の岩倉は、部屋を見回した。天道の右側に日本刀が置いてあるのと、まだ封を切っていない20本以上の日本酒が綺麗《きれい》に等間隔で寸分の狂いもなくラベルが正面を向いて置いてあるのが目についた。

「で、何？　直接話したい内容って」

「私、アメリカの家を引き払って来たんです。あの国への不信感と言いますか、とことん恐ろしい国だと思いまして……」

天道も藤井も黙って聞いていた。

「アメリカは北朝鮮に対しては以前から、ミサイル発射や核実験を行うたびに国家としての危険性を強く指摘していました。マレーシアの事件以降も、生物化学兵器を大量に持っているとか、それを韓国に使う可能性があるとか、『北朝鮮は卑劣な国』という論調一色だったんです。ところが、今回の事件の前あたりからガラッと態度が変わりました。それまで、ピンポイント爆撃もやむなしという態度だったのに、急に日本と北朝鮮の間に入って、両国の衝突を回避させると言い出しています。仲介役として北朝鮮との国交を正常化する準備がある、経済支援も考えているとまでアピールしているんです」

岩倉はそこまで話すと、升の角に口をつけて酒を一気に飲み干した。左隣にいる藤井の方を向いて「美味《おい》しい……」と呟《つぶや》き、また話を続ける。

「ここからが本題です。私が聞いたところでは、アメリカは北朝鮮の地下資源と技術力に興味を持っているということなんです」

「北朝鮮の地下資源と技術力？」

藤井が不思議そうな表情で岩倉を覗き込んだのとは対照的に、天道は、真下を見ながら当たり前だというように頷きながら言った。

「そりゃそうでしょう」

「えっ、そうなんですか？　北朝鮮の技術力？」

「そんなことも知らんのか。北朝鮮はレアメタル、ウラン、金、世界有数の埋蔵量を誇る資源国だ。特にウランに関しては世界一の埋蔵量が見込まれていて、しかもウランの濃縮技術、濃縮施設まで持ってる……」

「なるほど……」

　岩倉は続けた。

「私のクライアントは、ほとんどが投資家です。それも、ヨーロッパ、アフリカ、アメリカ、中国、南米、世界中にいます。どんな国にも、到底使い切れないほどのお金を持ち、それをさらに増やそうと躍起になっている投資家は存在していて、その人たちは、正確で貴重な情報を手に入れるためだったらお金に糸目はつけません。そもそも、ＰＭＣ（民間軍事会社）の生い立ちがそこですよね。商品の売買のために各国を飛び歩く商社が持っている情報を、買って、集めて、分析して、投資家に売るところから始まって。湾岸戦争の頃から、軍の給食や補給や輸送を請け負い、基地の警備ばかりか戦闘に近いことまでやってるところもあるんじゃないですかね。国によっては、ＰＭＣに犠牲者が出ても軍の戦死者扱いにはならず、国の責任にならないから都合がいいのかもしれません。今、投資家が注目しているのは北朝鮮の動向で、それは北朝鮮の地下資源争奪戦が既に始まっているから。その最先鋒《さいせんぽう》はイギリスで、2000年に北朝鮮と国交を樹立して鉱山開発の投資ファンドを設立しました。そこに割り込もうとしているのが、ビジネス嗅覚《きゅうかく》を持っているあのアメリカ大統領。今までは北朝鮮を抑え込む、もしくは潰《つぶ》す方向だったのに、一気に地下資源確保のために抱き込んでいくことに方針を変えたらしいんです」

「へえ……。面倒くさ！　俺には関係のねえ世界だ」

藤井はまったく興味がない様子だったが、天道は厳しい表情で岩倉に尋ねた。

「投資家が注目している北朝鮮の動向とは、具体的に何ですか？」

「話はここからがホットです。北の最高指導者は、同じ東洋人であっても日本の政治家のように呑気《のんき》でもなければお人好《ひとよ》しでもなく、無責任でもないというのです」

「どういうことかな？」

「彼は非常に利口で、イギリス、アメリカの口車なんかには乗りません。まったく信用していないんです。歴史を見れば誰だってわかる話なんですけど……。歴史に造詣《ぞうけい》が深い彼は、当然ロシアも中国も信用していない。しかし、地下資源を採掘するためには他国の資金と技術が必要で、そこで彼の中で候補に挙がってきたのが日本だというのです」

関係がないと言った藤井が口を突っ込む。

「じゃあ、北は日本にアプローチしたいわけ？　地下資源を一緒に掘りましょうって言うのかよ？　日本から人間をかっさらっといて『一緒に掘りましょう』なんて、許されるわけがないだろ」

「拉致問題は確かに大きいけど、日本政府としても地下資源の話は喉《のど》から手が出るほど絡《から》みたい話でしょう。だから、独占したいアメリカは、北朝鮮と日本が近づくことを嫌っていて、そうさせないために、北朝鮮と日本の間に入って衝突を回避させるという名目のもと、数々の工作をして両国が近づかないようにしていると聞きました。お二人に何か思い当たることはありますか？」

藤井は軽く答えた。

「そんなもんないよ」

しかし、天道は考え込んでいた。あぐらをかき直し、腕を組み、眉間《みけん》に皺《しわ》を寄せ、真っ正面を睨《にら》みながら黙って微動だにしない。

藤井も岩倉も、明らかに何かに感づいている天道をじっと見ていた。30秒ほどの静寂の後、天道が口を開いた。

「藤井。いたよ。藤井たちの動き、タスク・フォース2の存在だけを知らない奴がいたよ」

そう藤井に言うと、今度は岩倉の方を向いて言った。

「岩倉さん、この話を誰かにしましたか?」

「いいえ、誰にもしてません」

「この話を我々にしてくれたことはありがたい。だが、もう突っ込まない方がいい。この話に関わった人とも、縁を切った方がいい」

情報の世界に長くいる岩倉は、天道の言いたいことをすぐに理解した。口封じを警戒しているのである。

「はい、わかってます。だから、仕事も、家も、すべて捨てて、日本に戻って来ました」

天道は岩倉に頷《うなず》くと、藤井に向かって話し始めた。

「お前たちの動きだけを知らなかった奴がいたよ」

「アメリカって言うんですか」

あり得ない、という顔で問い返した藤井に、天道は大真面目《おおまじめ》に答えた。

「そうだ。日本政府は、アメリカに作戦の概要を伝えている。自国の艦艇の動きと航空機の行動予定も流している。潜水艦はどうなんだ?」

「いくら同盟国でも、潜水艦の行動は秘匿《ひとく》してます。だとしたら、アメリカが北朝鮮にタスク・フォース1の動きに関する情報をリークしたってことですか？」

「そうだ。そう考えると、辻褄《つじつま》が合う」

「そうか、だからか……。奴らは戦闘服じゃなかったんですよ。あのパレードの時とかに着てる、バカにでけえ制帽かぶって、制服で追ってきたんです。戦闘が生起することなんか、まったく予想していなかったってことですよね」

岩倉だけが話から取り残された。このレベルの作戦の詳細まで葛田首相が会見で明かしたわけではなく、マスコミの報道も出ていないので当然である。だが、岩倉はわからないまま流した。関わりたくないからである。

伏し目がちな岩倉に、藤井が話を振った。

「そういえば、富士子。マレーシアの事件のすぐ後に電話して来たとき、米軍の特殊部隊の奴《やつ》が日本の島で俺たちと一緒になったことがあって、戦術も技量も信じられないほど高いと褒めている、と言ってたね？」

「はい、お話ししました。その人は軍を辞めたそうなんですが、日本の特殊部隊を賞賛していました」

「辞めた？　なるほど、それでエイジアン・セブンがシックスになったのか……」

「なんですか、エイジアン・シックスって？」

「あれっ、知らないの……。まあ、特殊戦の業界ではそれなりに名の知れたチームなんだけど。U.S.SOCOM《ソーコム》という米国特殊作戦群のなかで、日系、韓国系、中国系の特殊部隊員だけで編成されているエース級のチームだね。もしかしたら、その日本の島で俺たちと一緒になったっていうのは、尖閣の魚釣島《うおつりじま》なんじゃないの」

天道が怪訝《けげん》そうな顔で藤井に尋ねた。

「アメリカの特殊部隊が、魚釣島に上陸したというのか？」

「変ですが、それだと辻褄が合うんです」

「上陸する理由、目的がないだろ。あの時は、人民解放軍じゃなかったのか？」

「そう思っていましたけど、あそこで一緒になったというなら、こちらの戦術も技量も骨身に染《し》みていて当然です。しかも、あれだけコテンパンにやられれば、退職するのも自然です」

「それだけの理由か？」

「いえ、マレーシアの事件の時に、米軍の特殊部隊員が日本経由でマレーシアに入国して現地指導したという情報もあります。それを実行したのがエイジアン・シックスだとしたらですよ、タイミングもすべて合います」

天道の表情が、「そんなはずはない」から「ひょっとしたら」に変わってきた。

「なんでわざわざ日本経由でマレーシアに行ったんだ」

「ＭＡＣ（ミリタリー・エアー・カーゴ：米軍輸送機）フライを使えば、米国からの出国記録も、日本への入国記録も残りません。日本で偽造パスポートを受け取り、マレーシアに日本人として入国し、一仕事してから日本に戻る。米軍基地に入って、帰りも軍用機で帰ったんだと思います。なあ、富士子」

　岩倉は、黙って頷いた。

「その復路で習志野に寄って、我々と共同訓練したのか」

「時間が空いているから、そのままかどうかはわかりませんが、彼らからしたら、かつての仲間がコテンパンにされて、なおかつその当人が賞賛する特殊部隊。どんなものなのか、実物を見てみたいと思いますよ。非公式の共同訓練を持ちかけるのも辻褄が合います」

　天道の表情が「ひょっとしたら」から「そうかもしれない」になった。しかし、まだ完全に納得したわけではなかった。

「んー。確かに異様なほど辻褄が合うが、あり得ない。問題なのは、アメリカの特殊部隊が尖閣に上陸する理由がまったくないことだ。あの国は国益に繋《つな》がることであれば、国際法も人道も完全無視でなんでもする。その逆に、国益に繋がらないことは決してしない。きわめて合理的で、論理で国としての進路を決める。やっぱり、あり得ない。話としては面白いけどな」

「ん……。たしかに、そうですね、アメリカの特殊部隊が人民解放軍のふりをして尖閣に上陸しても、何のメリットもないですもんね。しかし、天道さん、何か大きなうねりが近づいて来ている気配を感じませんか？」

「うねりか。海の人はそういう言葉を使うんだな。俺からすると、天候が荒れる前の湿った南風が吹いている感じだ。何かがまもなく姿を現す」

藤井は、岩倉の方を向いた。

3人はしばらく黙っていた。

「今からどうするの？」

「私の実家は東西線の南砂町なので、北習志野までタクシーで行って帰ります」

「いや、仕事とか生活とか、その、将来的な？」

「あ、仕事ならいくらでもあります。ただ、しばらく情報の世界からは離れます」

「それがいいね。じゃあ、タクシーに乗るまで送って行くよ」

藤井は岩倉と共に天道の官舎を出、タクシーを捕まえて彼女を見送ると再び官舎に戻り、そのまま泊まった。

エピローグ

葛田首相の精神状態は、記者会見をピークに落ちる一方だった。記者会見翌日の特殊作戦群の部隊葬、2日後のヘリコプター搭乗員の部隊葬、最後に特別警備隊の部隊葬と、どんどん衰弱していった。

すべての部隊葬が終了した翌日、葛田は官邸へ入るとすぐに手代木を執務室に呼んだ。

「失礼します」

手代木が執務室の扉を開けると、葛田は応接セットのソファに座って、絨毯《じゅうたん》の一点を見つめていた。そして、手代木には目もくれずにしゃべりだした。

「私は、これ以上無理だ。君のようには振る舞えない」

素早く扉を閉めた手代木は、柔らかな口調で諭すように言った。

「すべて順調にいっている。あんたは、最大の難関だった記者会見を完璧《かんぺき》にこなしたんだ。もう後は普通にしてればいい。面倒なことは私がやるよ。もう、何の心配もない」

「そういうことじゃないんだよ。自分が何をしたのかを思い知った」

「思い知った?」

「葬儀だ。自衛隊の葬儀、部隊葬だよ。最初の特戦群でいきなり圧倒された。あんなにたくさんの棺《ひつぎ》が並んでいるのを目《ま》の当たりにして、平常心でいられる君のことが信じられない。そんなことでは政治家失格なんだろうが、私には無理だ。棺の中は空なんだぞ。何もない空っぽの棺の前に、無表情な遺族が並んでいた。泣きじゃくって、私に暴言でも吐いてくれれば救われただろう。どんなに楽になっただろう……。私の心を見透かしているような、冷たい目つきが頭から離れないんだ」

「しっかりしてくれ。想定内のことしか起きていないんだぞ。すべてやる前からわかっていて、準備をしてきたことだろ。世論だって我々についたじゃないか。完璧にことが進んでいるというのに、こんなところで弱気になるな」

「私の後悔はね、やっぱり去年8月の尖閣の時にさかのぼる。あそこで宥和《ゆうわ》していれば、外交交渉だけで拉致《らち》被害者を取り戻せたんだ。そうすれば、31人も殉職しなくて済んだ……国交樹立だってありえたかもしれない」

「今さら何を子供みたいなことを言っているんだ。しょうがないだろ。もう一回戦争するのか? できるわけないんだよ。大国には従うしかないんだ。せめてもの抵抗をして独立国としての体面を保つのが、日本の政治家の限界だ」

「それは、わかってる」

「だったら、何を後悔してるというんだ。北朝鮮が中国を介して日本に拉致被害者の引き渡しをちらつかせているという情報をアメリカが摑《つか》んでしまったんだから、どうしようもないだろ」

「どうしようもないのか……」

「どうしようもないんだよ。北朝鮮と日本を近づけたくないんだから、あの国は」

「私はいまだに信じられない。あの国には十分資源があるじゃないか」

「おいおい、そういう国だろ。石油を見ろよ。あれだけ横車を押してでも、なりふり構わず中東へ取りに行くんだぞ。シェール・ガスが出てなかったらどうなっていたか。北にはレアメタル、ウラン、タングステン、モリブデン、ニオブ、ジルコニウム、マンガン、チタン、コバルト、金まであるんだ。このままにするはずがない。そして北朝鮮は、中国人は当たり前として、ロシア、イギリス、アメリカ、いわゆる白人を信用していない。日本に近づきたいんだ。アメリカは、どんなことをしてでも日本と北朝鮮が手を組むことを阻止するに決まってるだろ」

「相手が我々と手を組みたがっていて、そこには未曾有《みぞう》の国益があるのに、アメリカが嫌がるからという理由で私は中国とやり合うことにし、結果、北朝鮮とも今の状態だ。我々は誰のために政治をしているんだ」

「今さら何を言ってるんだよ。同じことを何度も言わせるな。もう一度アメリカと戦争をするのか？　その覚悟がこの国にあるのかよ。あるのなら、あんたの言う通りだ。ないのなら、せめてもの抵抗しかないじゃないか。従属の姿勢を崩さず、その範疇《はんちゅう》で少しでも国民のために何ができるか。それがこの国の政治家の役目なんだよ。誰も口に出さないが、国民だって知ってるんだ。だからそこには触れずに、1億人が見て見ぬ振りをしているんじゃないか。アメリカは絶対に拉致問題の解決はさせないんだよ。アメリカは、どんな手を使ってでも日中関係を破壊し、中国の仲介によって解決に向かっていた拉致問題を無理やり残したんだ。そこにあんた、抗《あらが》えたのか？」

「できない」

「できないよ。当たり前じゃないか。でもな、我々はその状況の中で、拉致被害者を6名だけど実力で取り戻したんだ。胸を張れよ」

「それも嘘《うそ》じゃないか。ほんとは、あんたと私があの作戦を仕組んだんだ」

「だから、今さら何を言ってるんだ。拉致被害者は戻って来てるんだ。それで良しとするんだよ。何をきれい事言ってんだ。あんた政治家だろう！」

「……」

×××××　　×××××

「さっきな、海幕の人事計画課から電話がかかってきて、お前に転勤の話があるそうだ」

隊長室に呼び出された藤井が久遠から聞かされたのは、自分の転出の話だった。

「あるそうだって、なんか他人事《ひとごと》ですね」

「まあ人事って、人事《ひとごと》って書くからな。普通、最初は部隊指揮官の俺に相談という形で話が来るんだが、今回は違う」

「まあ、なんでもいいですけど、断ってください」

「だから、そういうことができないんだ」

「なんですかそれは？」

「人事計画課より上での決定事項ということだ」

「どこへ転出なんですか？」

「いいんじゃないか？　藤井は働き過ぎだ。少しノンビリしたらいい」

「ノンビリ？　だからどこなんですか」

「硫黄島《いおうじま》だ」

「硫黄島？　はっ？　懲罰人事じゃないですか」

「そんなことはない。少し休めという意味だ。あの島には民間人はいない。金なんて使いたくても使えないんだから貯《た》まる一方だ。離島手当はあるしな。確か、3ヶ月に1回は本土に戻って来て、まとまった休暇が貰《もら》えるはずだ」

「知ってますよ。あそこにいるのなんか、自衛隊金融に大借金してる奴《やつ》ばっかでしょ」

「孤島で勤務している者に失礼なことを言うな。とにかく、俺でも介入できないんだ。受けるしかないぞ。まあ、退職するなら別だけどな……」

「バッドマン、聞きましたか？」

転勤の話が来た翌日、藤井は黒沼と、居酒屋で飲んでいた。

「何をだ？」

「特戦群の話ですよ。指揮官交代だそうです」

「何？　天道さんもか……」

「天道さんもって？　もしかして、バッドマンにも来てるんですか？　転勤の話が」

「誰が受けるかよ。硫黄島だぞ」

「来てるんだ！　しかも硫黄島ですか。あからさまなことしてきますね。天道さんは、教育訓練研究本部だそうです」

「どんなところなんだ、そこ？」

「陸自の奴に訊《き》いたら、メンタル・ダウンした人とかが多いそうです……」

「懲罰人事じゃねえか」

「バッドマン、転勤の話を受けないって、そんなことできるんですか？」

「辞めるんだよ」

「退職するってことですか？　どうやって食っていくんですか？」

「奴隷《どれい》じゃあるまいし。天道さんだって辞めるだろ。銭金のために働いてんじゃねえよ」

「でも、バッドマンのとこ、長女が高1、長男が中2じゃないですか。養育費どうするんです？　今から一番お金がかかるでしょ」

「あいつらはな、俺の稼ぎの中で生きるしかねえんだよ。それがあいつらの運命だし、嫌なら自分で稼ぐか、特技を活《い》かして特待生にでもなりゃいい」

「本気ですか？」

「本気だ」

――10日後――

藤井が転出する朝、第3小隊室は荒れていた。

「辞めるって言ったじゃねえか」

風元が藤井に食ってかかっている。

「俺たちも一緒に辞めるって言ったら、経済的なギャンブルをするのは俺だけでいい、お前たちが暮らせるシステムを作っといてやるから、それまでは自衛隊にいろ、って言ったのは、バッドマンだ。だから、その時までの辛抱だと思ってたのに……」

「言ったけどな……。俺は、生まれて初めて恐怖で手が震えた。自分でもびっくりして、慌《あわ》てて手を組んだよ。お前らには、命がなくなる程度のことでビビってんじゃねえと何度も言ったし、確かに特殊部隊員として、命がなくなるなんてことはどうでもいいと思ってたよ。でもそれはな、残していく者に経済的な負担をかけない安心感があるからだったんだよ。親としての経済的な責任は、死んでも果たせるもんな。ところがだ、自衛隊を辞めたら腕に職がないんだ。まともに稼げねえよ。生きてんだけど職にあぶれて、子供に養育費を送れない。親として経済的な責任すら果たせない。そんな情けなくて、恐ろしいことなんかできねえ」

藤井は、そのまま部屋を出て行った。第3小隊室では相変わらず、「情報収集中」の札が置いてあるテレビが、つけっぱなしだった。新総理の手代木がアメリカ議会上下両院の合同会議で演説をしている様子が映し出されていた。

「戦後世界の平和と安全は、アメリカのリーダーシップなくしてはあり得ませんでした。世界平和、発展のために、さらに日米同盟を強化していかなければなりません」と締め括《くく》ると、スタンディング・オベーションが起こり、手代木は拍手喝采《かっさい》に包まれていた。

浅海がしおらしく黒沼に聞いた。

「俺らはどうすりゃいいんですか」

「いつかまた、俺たちを必要とすることが起こる。それまで、身体《からだ》を作って、技を磨いているしかない。その時は、天道さんもバッドマンも復帰させられるよ。確かに平時には要らないんだよ、あの二人は……」

編集部註

この作品は、著者の自衛隊での経験と知見を生かしたドキュメント・ノベルです。物語はフィクションであり、実在する人物、団体、組織などとは一切関係ありません。

特別対談

フィクションだから描ける「国防」の裏側と「自衛隊」のリアル

かわぐちかいじ×伊藤祐靖

かわぐちかいじ

一九四八（昭和二十三）年広島県生れ。六八年「ヤングコミック」に「夜が明けたら」を掲載しデビュー。八七年「アクター」で講談社漫画賞、九〇（平成二）年「沈黙の艦隊」で講談社漫画賞、二〇〇二年「ジパング」で講談社漫画賞、〇六年「太陽の黙示録」で小学館漫画賞及び文化庁メディア芸術祭マンガ部門大賞、一七年「空母いぶき」で小学館漫画賞、一九年小林和作賞など受賞多数。

伊藤 週刊誌連載の締め切りが月5回というご多忙の中、この度はありがとうございます。

かわぐち いえいえ、仕事しかやることがないものですから（笑）。2年前に体調を崩し休載したのですが、そのときにそれがよくわかりました。月に6回の締め切りを5回に減らしてもらいましたが、仕事をしていないと落ち着かない。

伊藤 それでも、待っている読者は嬉《うれ》しいと思います。私は現職のときに、まず『沈黙の艦隊』を読み、潜水艦が独立国になるというスケールの大きい物語に驚嘆しました。私は海上自衛隊に約20年おりましたが、最初の10年は護衛艦に乗って航海に出ることが多かったんです。いくつもの船に乗りましたが、『沈黙の艦隊』は、海上自衛隊の船乗りなら全員読んでいるのではというくらい、どの艦にもある常備品でした。

かわぐち 『沈黙の艦隊』の連載開始は1988年です。そのころはもう自衛隊に？

伊藤 はい。87年に入隊して、88年の春までは2等海士として、セーラー服を着ていました。

かわぐち 伊藤さんの自伝（前著『自衛隊失格』）によると、日本体育大学を出られて、高校教師に内定されていたところを辞退して、入隊された。

伊藤 そうです。大卒なら普通は幹部候補生学校を目指しますが、軍事や防衛について何も勉強していない私がいきなり幹部になるのはずるい気がして、一番下の2等海士、いわゆる水兵で入りました。

かわぐち　そうなると江田島ではなく?

伊藤　横須賀にいました。横須賀教育隊を経て護衛艦「むらさめ」に1年間乗り、幹部候補生を受験しました。88年には江田島の海上自衛隊幹部候補生学校に入りました。

かわぐち　その頃は私も40代と若かった。私は今でこそ自衛隊モノをよく描く漫画家となっていますが、自衛隊を最初に本格的に描いたのが『沈黙の艦隊』だったんです。自衛隊や旧海軍を扱った短い読み切りを何本かは描いていたものの、長い話での連載は『沈黙の艦隊』が初めてで。

伊藤　そうだったんですか。

かわぐち　その前は『アクター』という芸能界の役者の話を描いていたんですよ。それが終わって次の連載について編集者と雑談していたら、「潜水艦」という言葉がポロッと出てきたんです。編集者も「潜水艦は面白そうだ」と。瀬戸内海の島の陰から、ぬうっと黒い巨大なクジラが出てくるような絵が、イメージとしてわいてきて、描けそうな気がしてきました。

伊藤　「クジラ」とは、潜水艦ですね。

かわぐち　そうです。ところが「さあ、連載だ」という夏に、なだしお事件（88年7月に海自潜水艦と遊漁船が衝突、後者が沈没し30名が死亡した海難事故）が起きた。大きな事故で、連載予定の『モーニング』の表紙が浮上する潜水艦だったこともあり、ペンディングになったんです。3〜4カ月お蔵入りにして秋に出したという、いわく付きの連載です。それから毎号ずっと連載は続いたんですけど、最初は不安なスタートでした。

理想的な指揮官

伊藤　「なだしお」のときは幹部候補生として江田島にいました。あれは土曜日、よく覚えています。でも、開始後の反響は大きかったように思いますが？

かわぐち　そうですね、最初からあの作品は手ごたえを感じました。私の漫画は、ぱっと出て、ぱっと読者に受けるというタイプではないんですが、あの作品は違った。

伊藤　江田島でもみんな読んでいました。海自の海江田四郎2佐は、日本が秘密裏に建造費を出した米海軍第7艦隊所属の最新鋭原子力潜水艦「シーバット」号の艦長となる。ところがクーデターを起こして「シーバット」を乗っ取り、独立を宣言する。

その際、新たな艦名の「やまと」をナイフで船体にギッギッと彫る、あのシーンが大好きです。あれでグッとここ（胸）を鷲摑《わしづか》みにされました。よく真似《まね》をしたもんです（笑）。

かわぐち　あれは、知らないのをいいことに漫画的にカッコいい表現として描きましたが、実際は後から「潜水艦の船体はタイルで覆《おお》われていてデリケート。あんなことをしたら、水圧に耐えられずすぐ亀裂《きれつ》が入る。普通はしませんよ」と指摘されました。

伊藤　確かに「ないな」とは思いましたが、読者からすると「やっぱりカッコいい」というシーンです。

かわぐち　あのシーンがないと海江田のクーデターの意図が伝わらないのは確かで、後から考えても、わかりやすいので必要かな、とは思っています。

自衛隊の皆さんはどの辺を面白く読んでくださったんでしょう。

伊藤　『沈黙の艦隊』の海江田艦長もそうですけど、かわぐちさんが描く自衛隊には理想的な艦長・指揮官が出てきますよね。自分の意思を明確に部下に伝えて、任務分担させる。現実には、もっと駄目なヤツが多い（笑）。だからこそ「ああ、こういう艦長がいれば」とみんな夢中になって読むのだと思います。

かわぐち　確かに、現実にはなかなかいない人材です。政治家でも経済人でも、組織の中には誰かしら駄目なヤツがいて、そこから問題が起こるパターンがありがちです。ありがちというか、現実はほとんどそうですよね。こういう人が足を引っ張ったからこの計画は失敗した、とか。それはそれで面白いものの、それでは物語が強くならない。本当のドラマチックさに到達しない。

だからできるだけ、理想の人間関係の中にいながらも問題が起こっていく状況をつくります。その問題をみんながなんとか乗り越えようとするが故《ゆえ》の奮闘を描きたい。描きたいのはその問題の方であって、人間関係や組織内のゴタゴタではないんです。だから私の作品では、主人公の人間像、上司と部下との関係、政治家の位置づけまで、すべて理想に近い。こういう政治家だったらよかったなと思える人物にします。でも、その人たちが一生懸命に邁進《まいしん》しても解決できない問題がある。そうなると問題自体にフォーカスを当てて描けます。あり得ない理想の上司や部下は、私の作品には必要なんです。

伊藤　だからなんでしょうね、読んだ後に清々《すがすが》しいんです。こういう社会で、みんな直立不動の姿勢で勤務している中で、夢がある。

中国船が尖閣《せんかく》に来る狙《ねら》い

伊藤　憧《あこが》れのかわぐちさんにお会いできるとなって、共通点を探しました。海上自衛隊が主な舞台だということはもちろん、今回編集者に指摘されて気付きましたが、『空母いぶき』も私の『邦人奪還』も、尖閣の問題から物語が始まるんですね。

かわぐち　何かが起こるぞという予感があって興味を持ってもらえる場所ではありますね。

伊藤　私自身は、2012年の夏に尖閣諸島の魚釣島に上陸した体験があるので、書きやすかった。

かわぐち　『邦人奪還』の冒頭、尖閣諸島の魚釣島での行動の描写は、実際に足を踏み入れた人でないと書けませんよね。ヤギが多いことや植生にまで触れながら、特殊部隊員の現場での動き方を伝えている。伊藤さんが上陸された際の記事を昔読みましたが、あれは何のためだったのですか。

伊藤　前線を守る海上保安庁の人たちを励ますために国旗を掲げようと、2012年の8月、個人で上陸し、魚釣島の山頂に登ったんです。身柄を拘束される騒ぎとなり、結果的には海保の人にご迷惑ばかりおかけしたので反省していますが……。国有地化の前だったこともあり、私自身は無罪放免でしたが、その後に上陸した人は送検されています。

かわぐち　当時の記事を読み、だからこそお会いしてみたいとも思いました。私は上陸したわけではないので（笑）、そこまでの思い入れはありませんでしたが、『空母いぶき』で相手を中国海軍にした時点で、尖閣から始める流れがあったのかもしれません。

いま、日本では中国というと尖閣のことばかりですが、南シナ海ではＡＳＥＡＮ諸国とやりあっていて、毎日ニュースで取り上げられるなど、東南アジアの方が大変そうです。

伊藤　中国はインドとも国境問題を抱え、パンゴン湖周辺でやりあっていますね。ですから、日本がなぜ尖閣で騒ぐ必要があるかも考えた方がよいかもしれません。

現役時代に私も航海長としてあの海域に行った経験があり、現場を知っているとわかることがあるんです。もちろんその経験自体は古いのですが、例えば中国海警局と海上保安庁の船がすれ違う際、面舵《おもかじ》を取る（右に転舵《てんだ》する）ときの距離感や意図が、現場の感覚としてわかる。そこでは減速しないだろうという位置関係であえてするような映像を見ると、日本側の船長も、海上保安庁もしくは日本政府から、かなり細かく指示を受けているはず。

これはやれ、これだけはするな、あとはおまえに任せるぞ、という三つは明示されているはずで、「これだけはするな」という命令の意図が、舵ににじみ出てきているわけです。

中国海警局の側にも、必ず「しない」ことがあるので、それが見えてくると、「だからここで減速したのか」「だからあそこで面舵を取るのか」と自《おの》ずと見えてくる。現場では、両者の意思の疎通《そつう》がどこか生まれます。お互いに本気でやっておらず、「プレゼンス（存在感）を示すぞ」という政府なり背後の指示が垣間《かいま》見《み》える場合もある。

同時に、中国海警局の船が何のためにあの海域に出てきているのかといえば、尖閣自体を狙っているというより、もっと先の大きな狙いがあるはずです。尖閣に目を向けさせたいのか、何かの前哨《ぜんしょう》としてなのか、もしくは国内に対するプロパガンダなのか。何かがあるはず。

子供のサッカーのように、ボールが転がっているところに皆でわっと行くようでは、接近回数など現象だけでの判断となり、本質が見えてきません。危機感ばかりを煽《あお》るのではなく、その裏に何か意図があることに気付く必要がある——というと偉そうな物言いで申し訳ないのですが。

かわぐち　確かに古い情報で現在はわからないにしても、状況と互いの船の舵の取り方で、本気度や真の目的が推し量れるわけですね。

伊藤　そうですね。今でも現場に行けば、あるいは映像を見るだけでもだいぶわかるとは思います。あの頃と変わっているのか、変わっていないのかにも興味があります。

「国民の生命」では割り切れない

かわぐち　じゃあ、ぜひ行ってみて、変化や現状を分析していただければ。

伊藤　残念ながら、私は監視対象になっているようで、最寄りの石垣島に行くだけで、海上保安官に取り囲まれて警戒されるんです。羽田からぴたりと付いて来られるかも……。

かわぐち　とはいえ『邦人奪還』では、尖閣はイントロに過ぎませんね。物語はその後、クーデターの起きた北朝鮮から、位置情報がわかった拉致《らち》被害者6名を自衛隊の特殊部隊が奪還しにいく。私は、その任務が確定されるまでの過程こそ、伊藤さんが伝えたかったように読めました。

伊藤　「国民の生命・財産を守る」と、自衛隊ではよく自身の存在意義を伝えるんですが、防衛省――当時は防衛庁でしたけど――だけは国民の生命・財産という言葉で割り切れないものを守る役所だと思っていたので、入隊してその落差に驚きました。拉致被害者を奪還することは、災害救助とは違うところがあります。災害時は二次災害を避けるために救助ができない場合はあり得る。ですが、海辺を歩いていただけで見知らぬ国に連れ去られた6名を連れ戻すには、自衛隊員6名以上の死亡、損耗を覚悟する必要がある。特殊部隊員であろうと国民に含まれますから、国民の生命としてはマイナスで、実質の経費を考えたら財産も減ります。でも、やっぱり救わなくてはいけないとなったら、それは「国民の生命・財産」だけでは割り切れず、「理念」の問題になります。国内の治安を維持する警察の役割とも違うわけです。だから、『邦人奪還』ではその典型例を出しました。

かわぐち　自衛隊に最初に入隊する時点で、もうその疑問はあったんですか。

伊藤　ありました。

かわぐち　周りはどうですか。

伊藤　周りはもう、全然です。バブルの絶頂期で自衛隊員の募集に一番苦労している時期で、平均レベルは低いし、志もないように思えました。付き合っていくと皆、ちゃんとそれなりの志を持っているんですが、それを口に出すことが照れくさいというか、「右がかってんじゃないの、あいつ」と言われてしまう。そうした風潮が蔓延《まんえん》していて、真剣な議論をなかなかできませんでした。

かわぐち　自衛隊の存在意義や国を守ることについて、伊藤さんは入隊後も考え続けていた。前作の『自衛隊失格』を読み、お父上との関係が大きいんだろうと思いました。

伊藤　はい。あの本では、自衛隊での経験を中心に、本気の度が過ぎていつもルールを逸脱してしまう自分の半生を書きました。その過程で〝ああなっちゃいけない〟対象として父を見て育ったので、ずっと否定してきましたが、やはり父親の影響が大きいです。現代ではありえない「軍人」の意識というのか、任務遂行への責任感です。

かわぐち　お父上は陸軍中野学校のご出身で、終戦間際《まぎわ》に受けた蔣介石《しょうかいせき》暗殺の任務が、戦後もずっと解けていなかった。いつ頃そう聞いたんですか。

伊藤　私が小学校に入る前、5歳ぐらいのとき、父は毎週日曜日にエアーポンプ式のライフルで廃墟《はいきょ》で練習していたんです。69年です。

かわぐち　戦後24年経《た》っても、蔣介石を狙っていたわけですね。

陸軍中野学校出身の父

伊藤 蔣介石は、私が小学校4年生の頃に台湾で亡《な》くなったんです。父はそこでやっと暗殺のための練習をやめましたが、それまでは「いつかは」と狙っていたようです。

かわぐち 息子の蔣経国《しょうけいこく》も亡くなりましたね。

伊藤 はい、今でも覚えていますけど、狙う理由を聞いたら、「昔な、暗殺しろって言われて、やるって言ったからな」「今日電話がかかってきて、明日行けって言われたら困るだろう」と。だから練習も欠かさない。何を言ってんだ、戦争なんて自分が生まれるずっと前に終わっているのに。そう思っても、まだ真剣に任務を遂行しようという父が目の前にいました。

72（昭和47）年に横井庄一さん（グアム島で日本の無条件降伏を知らないままゲリラ戦を展開していた）が帰国したときは驚きましたが、その2年後に、小野田寛郎《おのだひろお》さん（陸軍中野学校出身で、終戦後も任務解除の報が届かず、在比米軍に対してジャングルでゲリラ戦を展開）がフィリピンのルバング島から帰って来た際のことです。周囲が驚嘆する中、父だけは、「いや、別にすごくもなんともない、普通のことだ」とつぶやいていた。何が普通なのかと今考えると、蔣介石が台湾で生きている間は、いつでも現地へ行けるよう「自分もまだ準備を続けていたから」なんです。

かわぐち　今のお話で、『空母いぶき』とその前の作品（『兵馬の旗』）で監修を担当してくれた、小学校の同級生で軍事ジャーナリストの惠谷治《えやおさむ》君——残念ながら一昨年（2018年）亡くなりましたが——、彼のことを思い出しました。

小学校の頃に惠谷君は、その当時流行《はや》っていたテレビドラマ『快傑ハリマオ』（欧米諸国の植民地だったマレー半島を舞台に「民衆の敵」と戦う実在の日本人をモデルにした冒険活劇）が好きで、ハリマオになりきってよく遊んでいました。中高生ぐらいになって、なんであんなにハリマオに傾倒していたのかと聞いたら、「実は、おやじが陸軍解散後、インドネシアのオランダからの独立戦争に関わる動きをしていたらしいんだ」と話していた覚えがあるんです。だからハリマオという作品で、自分のおやじをイメージしていると。確証はないにしても、身近にそんな話があったわけで、戦争は「終戦しました」では簡単には終わらないものなんですね。「アジアの独立を助ける日本軍」という役割を果たせていない、そんな思いを抱えながら日本に戻った人が数多くいた。正しいかどうかは別として、そういう思いを抱えている自分の親世代は、かなりいました。

伊藤 私の父もインドネシアの独立戦争に行かないかと誘われたそうです。

かわぐち お父さんもですか。

伊藤 はい。でも暑いから嫌だと断った。高地で標高が高いから涼しいと言われたそうだけれど、蔣介石暗殺任務がありましたし。本当に、おっしゃるような無念を抱えた人は多かったと思います。ところで、かわぐちさんのお父上も海軍の軍人だったんですよね。

かわぐち はい。いちおう海軍でして、広島の大竹海兵団で一番下っ端《したぱ》からスタートし、最後は兵曹長になりました。掃海艇で瀬戸内海から日本海から、あちこちを回っていたようです。海軍と言っても外洋で米軍なり英軍と戦ったのではなく、地味な機雷処理での国内治安維持です。そんなに戦争当時を語りにくいという感じではなく、結構明るく話していました。

例えば、島根県の港で機雷をボンと爆破させたら魚がいっぱい浮いて、その魚を配って大喜びされたとか、イメージしやすい明るい話が多かった。ですが、ことさら明るく話している感じもどこかにあったし、あの時代はもう嫌だという「こりごり感」がこちらにも伝わってきました。

父親世代は、戦争経験によって語ること語れないことというのを、みんな抱えていました。立場違《たが》わず、みんなそれぞれに。それを全部含めて、自分の中では、あの時代は嫌だったんだろうと感じていました。僕の子どもの世代はわかりませんが、僕ら団塊の世代までは、父親世代の戦争体験を重いものとして受け取っているんですよね。『亡国のイージス』の作家、福井晴敏《はるとし》さんと対談した際に、戦争の扱い方が世代によって違うという話になりました。彼は51歳、戦争の話を素材として書くときに、反戦だけでは書かずに、ある種のゲーム感覚をそこに落とし込むことができる。僕らの世代は、反戦、ないしはそこに向かう何かしらのベクトルがないと、戦争を描いてはいけないという気持ちがどこかにあって。

僕らより年下の年代の人は、反戦という感覚から自由になって戦争を扱うことができる世代なんですよね。世代によって、先の大戦についての表現のベクトルが少しずつ違ってきます。

伊藤　そうでしょうね。切実感、距離感が違う。逆に、そこは意識的に描かれているんですか?

かわぐち　その世代だからということは念頭にはないんですが、結果的にそうなるとは言えます。「戦意高揚」をしたくはないんです。カッコいいだけの漫画で、戦闘意欲を刺激するというようなことにはしたくない。

とはいえ、ちゃんと派手に描きます。戦闘場面は丁寧に描いていますが、結果的にそれだけを読みとってほしくないという気持ちは常にあります。

伊藤　戦争にならないことが肝要です。だからこそ、読みたくなるんですね。

「月」が違う

伊藤　かわぐちさんの『ジパング』も好きです。21世紀の海自のイージス艦が、ミッドウェー海戦直前の1942年6月の太平洋上にタイムスリップして話が始まりますね。主人公たちに救助された旧日本海軍の将校が、イージス艦内の資料室に入るシーンがありますが、3日ぐらい出てこない。涙をこぼしながら未来の日本に関する資料を読むシーン、あの重みや深みは、私より下の世代には描けないと思います。

かわぐち　原爆の資料に触れる場面ですね。

伊藤　タイムスリップしてきた未来の資料室で、原爆の惨禍を知る。日本はこうなるのかと涙をこぼす……。

かわぐち　『ジパング』はずっと描きたかった作品でした。僕より若い、先の大戦を全然知らない今の自衛官の世代が、戦争を体験する。その様子を描くにはどうしたらいいか。護衛艦ごとタイムスリップするのが一番手っ取り早かった。よくあるパターンだと言われてもいいから、ストレートにぱっと描こうと思いました。

伊藤　未来からきた自衛隊員たちが、その時代の日本海軍の少佐を助けて未来を教えたがために、いろいろ問題が出てきますね。描きたい「問題」が浮き彫りになっていきます。

かわぐち　『ジパング』で「やったぞ」と思ったのは、タイムスリップしたことに本人たちが気付くシーンです。横須賀から出てハワイの手前辺りに来たら、夏なのに雪が降る。わっと甲板に出たら後ろに戦艦「大和」が来ていて、最初はみんな「大和」の方が今の時代に来たと当然思う。まさか自分たちがあの時代にタイムスリップしたとは思わない。そこで時代を思い知らせるのが「月齢」なんです。月が違う。きのう見た月と今日の月は違う。あの辺はタイムスリップものを描く醍醐味《だいごみ》でした。

伊藤　あのシーンはよく覚えています。よく船乗りのことをご存じだなと思ったんです。月齢が幾つか、普通の人にはわからないけど船乗りには絶対にわかる。月は大事で、みんな実用的に見ていますから。

かわぐち　その結果、みんな愕然《がくぜん》として、自分たちが「大和」の時代に来たんだとわかる。これはまずいことになったぞ、と。あれを描いたときに、なにより、自分がわくわくして（笑）。

伊藤 船乗りとしてもわくわくしました（笑）。海を描かれるのはお好きなんですか。

かわぐち 家業がもともとは海運業だったんです。戦争で駄目になった後、おやじが帰ってきて、船の給油会社に就職して、そこで顔なじみが増えたので、独立して会社を興《おこ》したんです。

船の給油船を尾道では「タンク船」と呼びます。10トン未満、長さでいうと7～8メートルぐらいの小さい船ですが、船長と機関長が二人乗らなきゃいけない。おやじは一人でやっていて、海上保安庁に見つかると注意され何回かで罰金ですが、子どもが一人でも乗っていればいいから、自分と双子の弟を代わりばんこに乗せていました。

伊藤 子どもの機関長ですか（笑）。

かわぐち 楽しかったですよ。岸壁や給油する船に結ぶ綱を取る役もして、小型の船舶には実感として慣れたし、船のどこが面白いか、どこが怖いかという知識は皮膚感覚としてあったんですね。おやじは映画が好きで、よく一緒に連れ立って観《み》る映画もだいたい海軍もの。生い立ちも含めて、海や海軍の話が描きやすかったかもしれません。

「コロッケ×3」

伊藤　日常的に船の上にいると、これ以上はないという美しい海の風景を見ることがあります。

かわぐち　故郷の瀬戸内海は漁船が多いのですが、内海の漁船の作りは外洋とは全く違うんですよね。例えば、かみさんが青森の八戸なんですが、八戸のイカ釣り漁船の作りは全然違う。見ただけで出かけて行く海の違いがわかります。『邦人奪還』の潜水艦の記述にも、これは外洋だな、とひしひしと痛感させられました。

伊藤　瀬戸内海の風景は格別ですよね。『空母いぶき』では、「尖閣諸島中国人上陸事件」が発生し、その1年後に海自初の空母「いぶき」が完成。その艦長に、航空自衛隊の戦闘機パイロットとして名を馳《は》せた秋津竜太1佐が着任しますね。その演習航海中に、中国軍が与那国島や尖閣諸島を占拠するところから、史上初の防衛出動にまで至る——その細部が非常にリアルで、迫力があります。そもそも、アメリカでは空母の艦長はパイロット出身が多いということはご存じだったんですか？

かわぐち　この話を描こうと調べ始めてから知りました。戦後日本では空母の運用例がないので、米海軍の慣習に従った方がいいかと考えました。

伊藤　私は米空母「キティホーク」に乗ったことがあるんです。乗ってびっくりしました、パイロットが艦長なのかと。旧日本海軍の空母の多くは船乗りが艦長でしたが、アメリカではパイロットなんです。

かわぐち　米空母にはどこで乗られたんですか。ハワイですか。

伊藤　ハワイからサンディエゴまで、1カ月ぐらい乗っていました。キティホークは、後に横須賀が母港になりますが、乗った頃はまだサンディエゴを母港にしていました。艦長がパイロットですから、船の運航は副長に任せていましたね。戦闘機を運ぶ空母はStrike Group（打撃群）、要するに戦闘機部隊のもの。飛行場としか思っていないから、トップの指揮官はパイロット、しかも戦闘機パイロットなんです。それを思い出しながら『空母いぶき』を読みました。

あと、海自初の空母、その艦長を「航空自衛隊ごときにやらせたくない」と、副長以下船乗りたちが空自出身の主人公について噂《うわさ》しますよね。

かわぐち　海自としてはそのままにしておけません。

伊藤　ああいう感情はあるだろうなと思いますね。そこまで反映されているんだなと、冒頭から驚きました。ところで、キティホークは非原子力型の空母ですが、乗員は5

000人ほどもいるんです。

かわぐち 5000人というと、ホテル、いや、もはや高層ビルですね。

伊藤 サラダでもなんでも、食堂が食べ放題なんです。自衛隊なんて「コロッケ×3」と書いてあって、キャベツに隠して4つ取ろうもんなら大変なことになる。なにしろ、最後の人のところでコロッケが2つしかないと「誰か余分に1個取ったな」と犯人捜しです。そういうけちくさい習慣があるわけです。米軍の空母なんて取りたい放題で、「すごいな。カッコいいな」と思ったんです。

でも、それがそうでもありませんでした。毎日、船の後部から残飯を捨てていて、その量ときたら……。「この人たちはやっぱり間違っている」と。5000人が食べたいだけ食べられる分量を必ずつくるから、残飯の量はたぶん、日本の護衛艦の食料1日分です。自衛隊はコロッケ3つでいまだにやっていると思います。アメリカはなんでも贅沢《ぜいたく》にやっていますよね。

〝妄想〟と〝想像〟

かわぐち 自分の話で恐縮ですが、最初に『沈黙の艦隊』があってその後『ジパング』と、同じように自衛隊の話を素材にして描きながらも、少しずつ違って来た実感があるんです。

伊藤　スタンスが変わったということですか?

かわぐち　『沈黙の艦隊』の頃は、自衛隊のことをあまりよく知らないで描いている箇所もあり、荒唐無稽《こうとうむけい》でも、お話として自衛隊を使っていくところがあった。ですが、『ジパング』を経て『空母いぶき』に来て、だんだんリアルになってきたんです。設定も、中のドラマも、よりリアルに読んでほしいという気持ちがどんどん高まってきて。それは監修として協力してくれた故・惠谷治君が自衛隊のことに詳しくて「これはないよ」と指摘してくれるようになったからです。「これはないよ」をある程度クリアにした設定にしながら描いていますから、だんだん表現がリアルになっていき、それを面白がる自分もいました。一方で、漫画表現として、読者が面白がるなら多少の誇張は許されるという気持ちもどこかにあって、むしろ実際を本当に知っていると妄想の世界に入れないからなかなか描きづらくなるんです。

伊藤　読んでいて全然気にならないです。

かわぐち　そうですか。

伊藤　はい。それこそ『沈黙の艦隊』で主人公が原子力潜水艦の船体にナイフで「やまと」という艦名を彫る場面も、現実にはあり得ないシーンであっても、今でも気にならないです。

かわぐち　伊藤さんは実際の現場をすごく知っている。知っているからこそ、その素材を使ってフィクションとして書くとき、難しいだろうなとも思います。ノンフィクションとしてそれを表現する際には、体験しているということがある種の強みではあるんですけど、妄想を膨らませて面白い展開を紡《つむ》ぎ出《だ》す場合は、難しいのではと思うんですよね。

伊藤　例えば、北朝鮮での戦闘シーンです。北朝鮮とは当然、私は戦ったことがないんですが、想像はつくんです。それこそ、想定訓練も組んでいるので。だから、どちらかというと思い出しながら書いている感じです。逆に、かわぐちさんは実際にはどれくらい取材をされるんですか？

かわぐち　海上自衛隊の観艦式に一度行ったぐらいです。他に飛行甲板を備える護衛艦「いずも」には乗せていただき、艦内を取材したことはあります。観艦式のときに、機会をいただき潜水艦の艦長とお会いしました。その艦長が「なんでも聞いてください」と仰《おっしゃ》るので、「90度の倒立ってありますか」と聞きました。潜水艦は急速浮上や急速潜航する際にかなりの急角度になるのですが、垂直になることもあり得るのか。

あり得るなら漫画に描こうと思ったんです。でもその艦長は「なんとも言えませんね」と。「ただ言えるのは、潜水艦はそういう90度の倒立のためには造られてはいません」と仰いました。

伊藤　もう少し答えようがありそうなものですね（笑）。

かわぐち　いや、感心しました。予測のもとには絶対に話をしない、それを現場が守っているという事実は取材になりました。

伊藤　その言えない部分が、かわぐちさんの作品にはあるんですね。今も時々読み返しています。

かわぐち　私も連載が行き詰まったときは、『沈黙の艦隊』や『ジパング』を読み返すのですが、自分で描いていてなんですけど、結構面白いですよね（笑）。

伊藤　はい、とても面白いです（笑）。『空母いぶき』の続編シリーズ（『空母いぶきGREAT GAME』）も、非常に引き込まれますね。「いぶき」の次期艦長候補率いる護衛艦「しらぬい」が、北極海に調査航海に出て民間の調査船を救助する。そして……続きは、ぜひコミックスを読んでください。

かわぐち　ありがとうございます（笑）。

（「週刊新潮」二〇二〇年四〇号、四一号より転載）

この作品は令和二年六月、新潮社より刊行された。

邦《ほう》人《じん》奪《だっ》還《かん》

自衛隊特殊部隊が動くとき

新潮文庫　い‐140‐2

令和五年四月一日発行
令和五年四月二十日二刷

著者　伊《い》藤《とう》祐《すけ》靖《やす》

発行者　佐藤隆信

発行所　株式会社 新潮社

郵便番号　一六二―八七一一
東京都新宿区矢来町七一
電話　編集部(〇三)三二六六―五四四〇
読者係(〇三)三二六六―五一一一
https://www.shinchosha.co.jp

価格はカバーに表示してあります。

印刷・錦明印刷株式会社　製本・錦明印刷株式会社

ISBN978-4-10-102962-7 C0193